小説
魔入りました！入間くん

⑩ 13人目の問題児

西 修／原作・絵
吉岡みつる／文

POPLAR
KIMINOVEL

主《おも》な登場人物《とうじょうじんぶつ》

鈴《すず》木《き》入《いる》間《ま》

超《ちょう》お人好《ひとよ》しで心優《こころやさ》しい少年《しょうねん》。両親《りょうしん》のせいで、大悪魔《だいあくま》・サリバンの孫《まご》になってしまう! 人間《にんげん》の正体《しょうたい》を隠《かく》しながら、悪《あく》魔学校《まがっこう》バビルスに通《かよ》うけれど……。

アスモデウス・アリス

得意魔術《とくいまじゅつ》
火炎系魔術《かえんけいまじゅつ》

火炎系魔術《かえんけいまじゅつ》を得意《とくい》とする、入試首席《にゅうししゅせき》のエリート悪魔《あくま》。入学式《にゅうがくしき》の晴《は》れの舞台《ぶたい》をうばった入間《いるま》に、決闘《けっとう》を申《もう》し込《こ》むも完敗《かんぱい》。以来《いらい》、入間《いるま》に忠誠《ちゅうせい》を誓《ちか》っている。

ウァラク・クララ

家系能力《かけいのうりょく》
呼び出し《トイトイ》

元気《げんき》で明《あか》るい女子悪魔《じょしあくま》。まったく落《お》ち着《つ》きがなく騒《さわ》がしいため、周囲《しゅうい》から変人《へんじん》・珍獣《ちんじゅう》あつかいされている。

悪魔学校《あくまがっこう》バビルスの生徒会《せいとかい》長《ちょう》。凛《りん》としたたたずまいや、その実力《じつりょく》に憧《あこが》れる悪魔《あくま》たちは多《おお》い。入間《いるま》に恋心《こいごころ》をいだいている。

入間《いるま》を孫《まご》にして、でろっでろに甘《あま》やかしている悪魔学《あくまがっ》校《こう》バビルスの理事長《りじちょう》。魔力《まりょく》はケタ外《はず》れ？

もの静《しず》かで優秀《ゆうしゅう》なサリバンの執事《しつじ》。一見冷《いっけんつめ》たくも見《み》えるが、入間《いるま》が困《こま》ったときには正確《せいかく》かつ誠実《せいじつ》なアドバイスをし、やさしく見守《みまも》っている。

とつぜん意識《いしき》を持《も》ってあらわれた「悪食《あくじき》の指輪《ゆびわ》」。入間《いるま》の位階《ランク》に関係《かんけい》している……!?

問題児《アブノーマル》クラス
魔王《まおう》となるのはこの己《うぬ》だ！
家系能力《かけいのうりょく》
武器創生《ぶきそうせい》
魔界《まかい》で数百年間《すうひゃくねんかん》「空席《くうせき》」となっている魔王《まおう》の座《ざ》をねらう熱血漢《ねっけつかん》の悪魔《あくま》。自分《じぶん》のことを「己《うぬ》」、相手《あいて》を「ヌシ」と呼《よ》ぶ。入間《いるま》のクラスメイト。
サブノック・サブロ
おっと、ついクセで
ひょうひょうとした性格《せいかく》。つい、ひとのものを盗《ぬす》むクセがある。
家系能力《かけいのうりょく》
盗視《ピット》
アンドロ・M《エム》・ジャズ
マジか！
家系能力《かけいのうりょく》
感覚強盗《コントローラー》
ちょっとお調子者《ちょうしもの》のムードメーカー。ゲームが大好《だいす》き。
シャックス・リード
かわいいから！
家系能力《かけいのうりょく》
氷面《ひょうめん》
クロケル・ケロリ
目立《めだ》たないクラスメイト。その正体《しょうたい》は、魔界《まかい》の人気《にんき》アクドル・くろむ！
紳士《しんし》たるもの!!
家系能力《かけいのうりょく》
翻訳《なかよし》
カイム・カムイ
礼儀正《れいぎただ》しく紳士的《しんしてき》な性格《せいかく》だが、実《じつ》はドがつくほどのスケベ。

あら〜
おっとりした性格《せいかく》で、
みんなの姉《ねえ》さん的存在《てきそんざい》。
家系能力《かけいのうりょく》
好感度《フルラブゲージ》
イクス・エリザベッタ
ござるよ!
家系能力《かけいのうりょく》
風太刀《かまいたち》
ガープ・ゴエモン
おせっかい焼《や》きでやさしく、
剣術《けんじゅつ》が得意《とくい》。
勇将《ゆうしょう》の下《もと》に
弱卒《じゃくそつ》無《な》し
アロケル・シュナイダー
ぼーっとしているよう
に見《み》えて、学年《がくねん》で一番《いちばん》
頭《あたま》がいい。
うるさぁい……
家系能力《かけいのうりょく》
寝床《マイエリア》
アガレス・ピケロ
いつも眠《ねむ》そうにしているが……?

入間《いるま》に召喚《しょうかん》された使《つか》い魔《ま》のカルエゴ。とってもモフモフ。

とてもきびしい、入間《いるま》たちの担任《たんにん》。口《くち》ぐせは「粛《しゅく》に」。マイペースな理《り》事長《じちょう》・サリバンが苦手《にがて》で、入間《いるま》のことも目《め》の敵《かたき》にしている。

悪魔学校《あくまがっこう》バビルスの空想生物《くうそうせいぶつ》学教師《がくきょうし》。入間《いるま》が人間《にんげん》であることを、サリバンとオペラ以外《いがい》で唯一《ゆいいつ》知っている。

悪魔学校《あくまがっこう》バビルスの新任《しんにん》教師《きょうし》。バチコの親戚《しんせき》。熱《ねっ》血指導《けつしどう》がウリ。

ぉぁん!?
家系能力《かけいのうりょく》
百射百中《ひゃっしゃひゃくちゅう》
わがままかつ気《き》まぐれな性格《せいかく》。極度《きょくど》の甘党《あまとう》で、かわいいものが大《だい》好《す》き。入間《いるま》の師匠《ししょう》。
バルバトス・バチコ
僕《ぼく》だよ!!
目立《めだ》ちたがり屋《や》で、生粋《きっすい》のナルシスト。生徒会《せいとかい》メンバー。
ロノウェ・ロミエール
ギョー!
まわりに異臭《いしゅう》をただよわせる、黒《くろ》いローブをかぶった悪魔《あくま》。実《じつ》は生徒会《せいとかい》メンバー。
ナフラ

目次《もくじ》

「スイ～ツ、スイ～ツ……クッキング～～♪」

僕《ぼく》の朗読《ろうどく》が、悪魔学校《あくまがっこう》バビルスの生徒会室《せいとかいしつ》に響《ひび》く。


バターにお砂糖《さとう》、薄力粉《はくりきこ》をまぜまぜ……。

腕《うで》が痛《いた》くなったって、気《き》にしない。

翔《かける》くんのために……！　おいしいクッキーつくるんだ！

ファイトよ、凛《りん》！

さぁ！　今《いま》こそ……っ！


「数多《あまた》の敵《てき》をなぎ倒《たお》した、この右腕《みぎうで》、解放《かいほう》の時《とき》!!　クッキーは完成《かんせい》するのか!?　……続《つづ》く!!」

クライマックスを一気《いっき》に読《よ》みあげると、**アメリさん**が「おお～っ！」と拍手《はくしゅ》してくれた。

「今日《きょう》の朗読《ろうどく》は臨場感《りんじょうかん》がすごかったな！　身《み》ぶり、手《て》ぶりが……！」

アメリさんが、興奮《こうふん》した様子《ようす》でほめてくれる。

生徒会長《せいとかいちょう》の**アザゼル・アメリ**さんは、みんなのあこがれ。すごく強《つよ》い女性《じょせい》の悪魔《あくま》で、とってもカッコいいんだ。

「アハハ……。久《ひさ》しぶりで気合《きあ》いが……」

ちょっと照《て》れながら、アメリさんが淹《い》れてくれたお茶《ちゃ》で、のどをうるおす。

おっと……自己紹介《じこしょうかい》がまだだったよね！

僕《ぼく》の名前《なまえ》は、**鈴木入間《すずきいるま》**。

アホな両親《りょうしん》によって悪魔《あくま》に売《う》られて、魔界《まかい》で暮《く》らす14歳《さい》の人間《にんげん》です！

キミも、ヘンテコな自己紹介《じこしょうかい》だと思《おも》うよね。でも、魔界《ここ》では毎日《まいにち》、楽《たの》しく暮《く》らしているから、安心《あんしん》してほしい。

今日《きょう》は、アメリさんと定期的《ていきてき》に開催《かいさい》している、少女《しょうじょ》マンガ「**初恋《はつこい》メモリー**」の朗読会《ろうどくかい》の日《ひ》。

僕《ぼく》が人間界《にんげんかい》にいたときに大好《だいす》きだったマンガなんだけど……ふしぎなことに、アメリさんの家《いえ》にもあったみたい。人間界《にんげんかい》の文字《もじ》が読《よ》めないアメリさんのかわりに、僕《ぼく》が朗読《ろうどく》してるんだ。

今回《こんかい》のお話《はなし》は、主人公《しゅじんこう》の凜《りん》ちゃんが、翔《かける》くんのためにお菓子《かし》をつくる、お料理回《りょうりかい》だ。

この間《あいだ》の〝収穫祭《しゅうかくさい》〟で熱演《ねつえん》したときのクセがぬけなくて、今日《きょう》はかなり気合《きあ》いが入《はい》っちゃった。

　するとアメリさんが、真剣《しんけん》に**「初恋《はつこい》メモリー」**を見《み》つめて、つぶやいた。

「菓子《かし》か……それもいいな……」

「え？　いいって？」

　首《くび》をかしげた僕《ぼく》に、アメリさんはなぜか、あわてて言《い》う。

「**んッ!?**　いやっ……。菓子作《かしづく》りに興味《きょうみ》はあるのだがっ！　うちの厨房《ちゅうぼう》は使用厳禁《しようげんきん》と言《い》われていてな！」

「へぇ～……」

　なるほど……。アメリさんのおうちなら、専属《せんぞく》のシェフがいるのかも。

　そこで僕《ぼく》は、いいことを思《おも》いつく。

「じゃあ、アメリさん。うちに来《き》ますか？」

僕《ぼく》の家《いえ》なら、広《ひろ》いキッチンもあるし、好《す》きに使《つか》える！

……と、思《おも》ったんだけど。

「……んっ!?」

なぜか、アメリさんは顔《かお》を真《ま》っ赤《か》にしてあわてている。

「どうしたんですか、アメリさん？　具合《ぐあい》でも……」

「いっ、いや！　なんでもないっ!!」

……ということで。

週末《しゅうまつ》は僕《ぼく》の家《いえ》で、いざ、クッキング!!

第1話 真心《まごころ》クッキング教室《きょうしつ》!!

そして、約束《やくそく》の週末《しゅうまつ》がやってきた。
入間《いるま》とアメリが、ふたりでクッキーをつくる日《ひ》だ。
頭《あたま》には三角巾《さんかくきん》。服《ふく》の上《うえ》にはエプロン。袖《そで》は、しっかり腕《うで》まくり。
準備《じゅんび》は万全《ばんぜん》! レッツ・クッキング!
アメリは、少《すこ》し落《お》ちつかない気持《きも》ちで、キョロキョロとキッチンを見回《みまわ》した。
(イッ、イルマの家《いえ》にあがってしまった……!)
なんたって、アメリにとっては、**好《す》きな男《おとこ》の子《こ》の家《いえ》**なのだ。
いっしょに料理《りょうり》というだけでも夢《ゆめ》のようなのに、まさか入間《いるま》の家《いえ》でなんて。
……ラッキーにもほどがある!
料理《りょうり》に使《つか》う道具《どうぐ》や食材《しょくざい》は、すべて執事《しつじ》の**オペラ**が用意《ようい》してくれた。
「ご用意《ようい》ありがとうございます! オペラさん!」

「なんの、なんの」

応《こた》えるオペラは、入間《いるま》を魔界《まかい》に連《つ》れてきた悪魔《あくま》・**サリバン**専属《せんぞく》の執事《しつじ》だ。

真《ま》っ赤《か》な髪《かみ》を1本《ぽん》のみつあみにしていて、いつもクールな表情《ひょうじょう》をくずさない。掃除《そうじ》や洗《せん》濯《たく》、料理《りょうり》にいたるまで、たったひとりで完璧《かんぺき》にこなす、すごい執事《ひと》だ。

「では、私《わたし》はむこうにおりますので」

「はい、ありがとうございます！」

役目《やくめ》を終《お》えたオペラが、部屋《へや》から出《で》ていく。

入間《いるま》とふたりきりになって、少《すこ》しぎこちない様子《ようす》のアメリが言《い》う。

「すまないな……。いろいろ借《か》りてしまって……」

「いえっ！　さそったのは僕《ぼく》ですし！」

入間《いるま》はほほえんだ。

「それにっ！　お菓子《かし》作《づく》りってはじめてなので！　いっしょにできてうれしいです！」

その笑顔《えがお》に、アメリは**きゅーん**と胸《むね》が熱《あつ》くなる。

今日《きょう》を楽《たの》しみにしていたのは、自分《じぶん》だけじゃなかったのだ。

それがわかって、さらに、口元《くちもと》がゆるむ。

「そっ、そうか……！」

「はい！」

「……よし。まずは、手洗《てあら》いだな！」

「そうですね！」

……そんなふたりをジャマしないように、オペラはそっと、キッチンの陰《かげ》から見守《みまも》っていた。

（ふむ。……一応《いちおう》、様子見《ようすみ》といきますか）

入間《いるま》のはじめてのお菓子作《かしづく》り。万《まん》が一《いち》、事故《じこ》でも起《お》きたら大変《たいへん》だ。

（まあ、レシピもあるし、大丈夫《だいじょうぶ》だと思《おも》いますが……）

念《ねん》のため、オペラは自作《じさく》の**マル秘《ひ》レシピ**を、入間《いるま》に渡《わた》しておいたのだ。

「よし！　じゃあ、まずはバターを練《ね》って……砂糖《さとう》を加《くわ》えるとのことで……」

さっそく、入間《いるま》はオペラのレシピをチェックしている。

手始《てはじ》めに、準備《じゅんび》していたバターのケースを近《ちか》くによせると……。

「えいっ」

ベチコォン!!

バター1本《ぽん》を丸《まる》ごと、ボウルに放《ほう》りこんだ。

「イルマ様《さま》ッ!?」

オペラは、思《おも》わず叫《さけ》んだ。

(なっ、なぜ丸《まる》ごと……!? レシピに、グラム数《すう》も書《か》いてあるのに……!!)

ふだん、なにごとにも動《どう》じないオペラだが、これにはふるえあがってしまう。

「おいっ、イルマ!」

しかし、アメリが焦《あせ》ったように入間《いるま》を止《と》めた。

さすがはアザゼル家《け》のご令嬢《れいじょう》。料理《りょうり》の心得《こころえ》があるようだ……。

オペラが、ほっとしたのもつかの間《ま》。

「砂糖《さとう》、足《た》りなくないか」

ズザザ―――ッ。

アメリは砂糖《さとう》を袋《ふくろ》ごと逆《さか》さにし、ボウルの中《なか》にぶちまけた。

「アメリさんッ!?」

オペラは、めまいをおぼえた。

「お菓子《かし》には引《ひ》くほど砂糖《さとう》が入《はい》っていると聞《き》いたぞ！　だから、カロリーがすごいのだ」

たまに、女子会《じょしかい》で顔《かお》を合《あ》わせる問題児《アブノーマル》クラスの女子《じょし》たちから、妙《みょう》な知識《ちしき》を仕入《しい》れたらしい。

（いやっ、限度《げんど》ッ！　限度《げんど》がッ!!）

オペラは、そこでようやく気《き》がついた。

まさか、このふたり……。

料理《りょうり》について、あんまりよくわかってない!?

「これ、なんですかね？」

入間《いるま》が、ニコニコしながらゴムベラを手《て》に取《と》る。

「さぁ？　きざんで入《い》れてみるか！」

アメリがほほえむ。

……あ。**ダメだ、これ!!**

壊滅的《かいめつてき》な料理《りょうり》センスの入間《いるま》とアメリだが、これには、理由《りゆう》がある……。

入間《いるま》は人間界《にんげんかい》にいたころ、アホな両親《りょうしん》に各地《かくち》を連《つ》れまわされ、山《やま》や森《もり》で過酷《かこく》なサバイバル生活《せいかつ》を送《おく》っていた。

そのため、「**食材《しょくざい》は全部《ぜんぶ》煮《に》て食《く》え！**」が基本《きほん》。とりあえず、火《ひ》を通《とお》せばなんでも食《た》べられると思《おも》っている。

一方《いっぽう》、アメリは——。

「アメリさんは、お菓子《かし》作《づく》りの経験《けいけん》が？」

入間《いるま》がたずねると、アメリは「おお」とうなずく。

「昔《むかし》、ケーキをな。父《ちち》に食《た》べさせたが、**おいしすぎて胸《むね》が焼《や》けるように苦《くる》しい**から、しばらく作《つく》るなと言《い》われた！」

得意《とくい》げにしているが、それが父《ちち》の精一杯《せいいっぱい》のやさしさであることを、アメリは知《し》らない。

アメリが厨房《ちゅうぼう》に入《い》れてもらえないのは、これが原因《げんいん》だ。

つまり、根本的《こんぽんてき》に料理《りょうり》ベタ!!

ちょっと様子《ようす》を見《み》るだけのつもりが、オペラは離《はな》れるに離《はな》れられなくなってしまった。

そうこうしているうちに、今度《こんど》は、入間《いるま》が卵《たまご》の入《はい》ったカゴを持《も》ってきた。

「さぁっ、続《つづ》きです！　次《つぎ》は卵《たまご》を……えいっ！」

べちぃぃぃん!!

カラがついたまま、卵《たまご》をボウルの中《なか》にたたきつけている。

（だから、なんで丸《まる》ごと!?）

なんでもかんでも〝もったいない〟精神《せいしん》の入間《いるま》。カラは捨《す》てるもの、という発想《はっそう》がそもそもないのだ。

混《ま》ぜる係《かかり》は、アメリにバトンタッチ。

「生地《きじ》はさっくり混《ま》ぜる。――こうか」

ガシャァアアン!!

（調理台《ちょうりだい》ごと!!）

アメリの手刀《しゅとう》で、調理台《ちょうりだい》がまっぷたつに割《わ》れた。

「この粉《こな》はなんだ？」

「入《い》れましょう！」

「煙《けむり》が出《で》た！」

「あっ……食材《しょくざい》が逃《に》げましたよ！」

……そのあとの過程《かてい》も、目《め》をおおいたくなるありさまだった。

初心者《しょしんしゃ》が、料理《りょうり》を失敗《しっぱい》してしまう一番《いちばん》の理由《りゆう》――それは、「レシピ通《どお》りに作《つく》らない」からである。

「オーブンはどれだ？　直火《じかび》でいいか」

アメリが、生地《きじ》に炎《ほのお》を放《はな》ったとたん――。

ドカァ――――ン!!

クッキーは、爆発《ばくはつ》した。


……キッチンいっぱいに広《ひろ》がる、こげくさいにおいのなか。

入間《いるま》とアメリの前《まえ》には、**グロテスクな見《み》た目《め》の〝なにか〟**が、盛《も》りつけられていた。

でろでろと液体《えきたい》が垂《た》れ、不気味《ぶきみ》な湯気《ゆげ》まで立《た》ちのぼっている。

ふたりは、**こんがり焼《や》けたクッキー（？）**を、
感動《かんどう》のまなざしで見《み》つめる。

「「……できた！」」

「できてない」

オペラはスッパリ言《い》いきった。


「……いいですか。貴方《あなた》がたは、料理《りょうり》を根本《こんぽん》から理解《りかい》していないのです」

オペラは、入間《いるま》とアメリの前《まえ》に立《た》ち、先生《せんせい》のような口調《くちょう》で言《い》う。

キッチンの床《ゆか》に正座《せいざ》したふたりは、同時《どうじ》に首《くび》をかしげた。

「キョトンとするんじゃない」

オペラは、大事《だいじ》な話《はなし》をするように、真剣《しんけん》なまなざしで言《い》った。

「**料理《りょうり》とは——正確《せいかく》な手順《てじゅん》、ていねいな作業《さぎょう》、それと、気持《きも》ちです**」

オペラはしゃがんで、入間《いるま》とアメリに視線《しせん》を合《あ》わせる。

「手順《てじゅん》と作業《さぎょう》なら、私《わたし》が指導《しどう》します。なので、しっかり聞《き》いて、おいしい物《もの》を作《つく》りましょう。——気持《きも》ちをこめて作《つく》るのですよ」

「「はっ……はい！」」

入間《いるま》とアメリは、大《おお》きくうなずいた。

オペラを先生《せんせい》にむかえたふたりは、食材《しょくざい》の計量《けいりょう》から再《さい》スタート！

今度《こんど》こそ、バターは、ちゃんと必要《ひつよう》なぶんだけ包丁《ほうちょう》で切《き》って。砂糖《さとう》は、はかりで分量通《ぶんりょうどお》りはかる。

……たまに、勢《いきお》いあまって、アメリが泡《あわ》だて器《き》の柄《え》を折《お》ったり。

大事《だいじ》そうに卵《たまご》のカラを抱《かか》えていた入間《いるま》が、泣《な》く泣《な》くそれを手放《てばな》したり……。

オペラが少《すこ》しでも目《め》を離《はな》そうものなら、ふたりは予期《よき》せぬハプニングをまきおこす。

逃《に》げる食材《しょくざい》をアメリが追《お》いかけているとなりで、入間《いるま》が封印《ふういん》されていた**謎《なぞ》の食材《しょくざい》の壺《つぼ》**をあけているではないか。

中《なか》から飛《と》びだしたのは、まがまがしい化《ば》け物《もの》だ。目玉《めだま》と口《くち》がいくつも浮《う》きでた、**どろどろした肉《にく》のかたまり。化け物《しょくざい》**は、こちらにむかって襲《おそ》いかかってきた。

「あぶない！」

オペラはとっさに鍋《なべ》のふたをかまえ、入間《いるま》とアメリを化け物《しょくざい》から守《まも》る。

なんとか元《もと》の壺《つぼ》に入《い》れなおし、一息《ひといき》つけば……その間《あいだ》に、アメリが炎《ほのお》の魔術《まじゅつ》、**ラファイア**（強火《つよび》）で、クッキーを焼《や》きはじめている。

あわてて止《や》めさせ、余熱《よねつ》であたためておいたオーブンにクッキーを投入《とうにゅう》。

入間《いるま》とアメリは、クッキーが焼《や》きあがるまで、片時《かたとき》も離《はな》れずにオーブンを見守《みまも》った。

そして、ついに——。


「できっ……た!!」


オーブンの扉《とびら》をあけた瞬間《しゅんかん》、甘《あま》くてやさしい香《かお》りがキッチン中《じゅう》にひろがる。

今度《こんど》こそ、まぎれもなくクッキーだ。

入間《いるま》がつくったクッキーは、おトモダチの、**ウァラク・クララ**や**アスモデウス・アリス**や、**サリバンおじいちゃん**の形《かたち》をしている。少《すこ》し不格好《ぶかっこう》なのもあるけれど、上出来《じょうでき》だ。

「わぁ!! すごくおいしそうです!!」

「すごい! すごいです、オペラさん!!」

入間《いるま》とアメリは大《おお》はしゃぎ。

「あっ、はい……」

対《たい》して、オペラはイスに座《すわ》って燃《も》えつきていた。真《ま》っ白《しろ》に。

スリリングなクッキング教室《きょうしつ》をなんとか乗《の》りきり、疲《つか》れきったオペラはよろよろ立《た》ちあがる。

「ちょっと、外《そと》の空気《くうき》を吸《す》ってきます。ラッピング用品《ようひん》はそちらにあるので……」

「「ハイ!!」」

ふたりは、元気《げんき》に返事《へんじ》をする。

あとは、プレゼント用《よう》のラッピングだ。色《いろ》とりどりのリボンやシールを前《まえ》に、入間《いるま》は腕《うで》を組《く》む。

「ん〜〜。迷《まよ》うなぁ……。いつもお世話《せわ》になってるおじいちゃんと、オペラさんと、**バチコ師匠《ししょう》**……あとは、アズくんとクララと……」

ふと、すでにラッピングに取《と》りかかっているアメリにたずねる。

「そういえば、アメリさんはだれにあげるんですか？」

アメリは、おどろいたように飛《と》びはねた。

「やっ、私《わたし》は……っ」

言《い》いかけて、アメリは考《かんが》えこむように口《くち》をつぐむ。

「アメリさん……？」

するとアメリは、入間《いるま》の体《からだ》をひょいっとかかえあげ、高《たか》い机《つくえ》の上《うえ》に座《すわ》らせた。

「えっ……？」

「こういうのはっ！　上《うえ》から、渡《わた》すものではないのでな!!」

背《せ》の高《たか》いアメリは、入間《いるま》の前《まえ》にかがむ。

キレイにラッピングされたクッキーを、両手《りょうて》で大事《だいじ》そうにかかえて。

「ちゃんとお祝《いわ》いをっ……していなかったから……。その……っ、あらためて……」

入間《いるま》にむかってクッキーの袋《ふくろ》をさしだした。


「収穫祭《しゅうかくさい》、優勝《ゆうしょう》おめでとう。イルマ!!」


入間《いるま》はおどろいた。自分《じぶん》へのプレゼントだなんて、思《おも》いもしなかったのだ。

「わっ……わぁあ～！　僕《ぼく》にですか!?　すごい、すごいっ!!　うれしいです!!」

ふたりで作《つく》った、世界《せかい》にたったひとつだけの、特別《とくべつ》なクッキー。

喜《よろこ》ぶ入間《いるま》に、アメリはほっとした。収穫祭《しゅうかくさい》で優勝《ゆうしょう》した入間《いるま》に、なにをプレゼントしようか、ずっと考《かんが》えていたのだ。

どうせなら、思《おも》い出《で》に残《のこ》るものがいい……結果《けっか》は、大成功《だいせいこう》だった。

そこに、タイミングよく、「片《かた》づけしますよ」と、オペラが外《そと》からもどってきた。

かくして、波乱《はらん》のクッキング教室《きょうしつ》は無事《ぶじ》終了《しゅうりょう》し……たのは、いいものの。

「先生《せんせい》！　次《つぎ》はハンバーグ作《つく》りたいです!!」

料理《りょうり》にハマった入間《いるま》とアメリは、オペラにむかって元気《げんき》に手《て》をあげる。

オペラは、きっぱりとこう言《い》った。

「勘弁《かんべん》してください」

「えッ……」

第**2**話 ✦ 悪《あく》友《ゆう》

入間《いるま》のおじいちゃん、サリバンは、**「一番《いちばん》の魔王候補《まおうこうほ》」**ともうたわれる、偉大《いだい》な悪魔《あくま》である。

しかし、その裏《うら》の顔《かお》は——究極《きゅうきょく》の**〝孫《まご》バカ〟**だった。

「ほしい物《もの》が……ある……？」

サリバンは今《いま》、悪魔生《じんせい》でも類《るい》を見《み》ない感動《かんどう》を覚《おぼ》えていた。

愛《いと》しの孫《まご》、入間《いるま》の口《くち》から、

「あのね、おじいちゃん……。じつは、ほしい物《もの》があるんだけど……」

と、切《き》りだされたのだから。

「入間《いるま》くんがああ!!　初《はつ》のおねだりをおおおお!!」

こらえきれず、サリバンの両目《りょうめ》から滝《たき》のように涙《なみだ》が流《なが》れる。

〝孫《まご》のおねだりを聞《き》いてあげる〟。サリバンの「おじいちゃんになったらしたいことリス

ト」のひとつがかなったのだ。

「赤月飯《せきげつはん》ですね。……して、なにがほしいので?」

お祝《いわ》いムードなのは、オペラも同《おな》じ。サリバンの涙《なみだ》をハンカチでふきながらたずねた。

「えっと……えっとね……」

入間《いるま》が、もじもじしながら答《こた》えた物《もの》は——。


……それから数日後《すうじつご》。

入間《いるま》は、とある団地《だんち》の、ひとつの部屋《へや》をたずねた。

チャイムをならすと、すぐに、ガチャッと玄関《げんかん》の戸《と》がひらく。

「はいは〜〜〜い! お〜、来《き》たね! イルマくん!」

顔《かお》を出《だ》したのは、入間《いるま》と同《おな》じく、悪魔学校《バビルス》問題児《アブノーマル》クラスに通《かよ》う、**シャックス・リード**だ。

リードとは、収穫祭《しゅうかくさい》でペアを組《く》み、修業《しゅぎょう》や試験《しけん》をともに乗《の》りきった仲《なか》。

「で⁉　で⁉　どうだった⁉」

リードは、あいさつもそこそこに、前《まえ》のめりに聞《き》く。

「ンフフ。え〜とね！」

入間《いるま》は少《すこ》しもったいぶって、背中《せなか》に隠《かく》し持《も》っていた箱《はこ》を取《と》りだした。

「じゃ〜〜ん！　僕《ぼく》の！　です！」

入間《いるま》の手《て》の中《なか》には、小型《こがた》ゲーム機《き》の箱《はこ》。小《ちい》さなボタンと液晶画面《えきしょうがめん》がついていて、持《も》ち運《はこ》びできるやつ。おじいちゃんにおねだりしたのは、これだ。

「おぉお〜〜〜〜!!　買《か》ってもらったんだ⁉　やったじゃん！　よし！　じゃあ、さっそくやろう!!」

「えっ、いいの⁉」

リードは、問題児《アブノーマル》クラスいちのゲーム好《ず》き。

すぐに入間《いるま》を家《いえ》の中《なか》に招《まね》きいれると、慣《な》れた様子《ようす》でキッチンの冷蔵《れいぞう》

庫《こ》をあける。

「絶叫《ぜっきょう》ソーダでいい？　お菓子《かし》は〜……これでいっか！」

しっぽを器用《きよう》につかって、スナック菓子《がし》の袋《ふくろ》もいっしょにつかんだ。

廊下《ろうか》を歩《ある》いていくと、ひとつ、**厳重《げんじゅう》にしめきられた部屋《へや》**があった。

「ここは静《しず》かに！　物音立《ものおとた》てずに……！　こっち、こっち！」

リードは、イルマをこっそり案内《あんない》する。

通《とお》りがけに、ちらっと部屋《へや》のプレートを見《み》ると、どうやらお姉《ねえ》さんの部屋《へや》のようだ。

「到着《とうちゃく》〜！　適当《てきとう》に座《すわ》って〜」

リードの部屋《へや》には、物《もの》がいっぱい。壁一面《かべいちめん》にはられたアクドルのポスターが、特《とく》に目《め》を引《ひ》く。

本棚《ほんだな》には本《ほん》やマンガもそろっているし、もちろんゲームもたくさん。

二段《だん》ベッドの下段《げだん》には、急《いそ》いで片《かた》づけたらしい服《ふく》や本《ほん》が積《つ》まれていて、リードらしい。

「イルマくんが部屋《へや》にいる〜！　なんか変《へん》な感《かん》じ〜」

物《もの》めずらしそうに、キョロキョロしている入間《いるま》を見《み》て、リードが笑《わら》う。

クッションに座《すわ》って、コップにソーダをついで……。

「では、あらためて……若王《じゃくおう》、カンパ〜〜〜イ!!」


ふたりで、収穫祭《しゅうかくさい》の優勝《ゆうしょう》をお祝《いわ》いした。

それから、さっそくゲーム開始《かいし》！

入間《いるま》が選《えら》んだのは、リードにおすすめされたアクションRPG《アールピージー》の最新作《さいしんさく》。

「スイッチここ！　オープニング飛《と》ばす？」

「見《み》る！　……わぁ、映像《えいぞう》キレ〜イ！」

「ね〜！」

豪華《ごうか》なオープニング映像《えいぞう》が流《なが》れ、最初《さいしょ》は、ゲームの中《なか》で動《うご》かすキャラの見《み》た目《め》や性別《せいべつ》を決《き》める。

「名前《なまえ》……　〝イルマ〟。〝男《おとこ》〟……で、名乗《なの》り方《かた》は――〝僕《ぼく》〟……」

「ちょっと待《ま》って！」

突然《とつぜん》、リードがストップをかける。

「どうしたの？」

入間《いるま》が顔《かお》をあげると、リードは神妙《しんみょう》な顔《かお》をして言《い》った。

「**どうだろう……ここは、〝俺《おれ》〟に、してみては……？**」

入間《いるま》は、雷《かみなり》に撃《う》たれたように固《かた》まる。

14年間《ねんかん》、ずっと「僕《ぼく》」をつらぬいてきた……けど……！

「いっ……いいかな⁉　しても⁉」

「いいよ！　若王《じゃくおう》だもん！　強《つよ》めでいこうよ‼」

そうか。そうだよね。**だって、若王《じゃくおう》だもん！**

入間《いるま》は、勢《いきお》いにのって、「俺《おれ》」を選択《せんたく》。

「正直《しょうじき》さ……一人称《いちにんしょう》、〝僕《ぼく》〟から〝俺《おれ》〟に変《か》えるタイミングってむずかしくない？」

「うん。ハードル高《たか》いよね……」

ふたりとも、「俺《おれ》」という一人称《いちにんしょう》に、あこがれがないわけじゃない。

ただ、なんとなくまわりに乗《の》りおくれて、変《か》えるに変《か》えられなくなってしまったのだ。

でも、ゲームの中《なか》なら、関係《かんけい》ない！

「次《つぎ》は～……相棒《パートナー》選《えら》び！」

設定画面《せっていがめん》が進《すす》み、相棒《パートナー》となる魔獣《まじゅう》を選《えら》ぶ。

「念子《ネコ》かなぁ……。頼《たよ》りになるイメージが……」

なんとなく頭《あたま》の片隅《かたすみ》で、念子《ネコ》に似《に》ているオペラのことを思《おも》いながら、入間《いるま》は羽《はね》の生《は》えた念子《ネコ》を選《えら》んだ。

「お～！　僕《ぼく》はドラゴン一択《いったく》！　強《つよ》いからね～」

リードは、ドラゴンを選択《チョイス》。

「これ、ゲーム内《ない》で結婚《けっこん》とかもできるんだよ」

「へぇ～！　いろいろできるんだね！」

あまりゲームにくわしくない入間《いるま》は、興味深《きょうみぶか》くながめる。

そんな入間《いるま》に、リードはそっと耳打《みみう》ちする。

「……で。イルマくんはどういう子《こ》がタイプ？」

「**んッッ⁉**」

いきなり、話《はなし》の方向《ほうこう》が１８０度《ど》変《か》わって、入間《いるま》は困惑《こんわく》する。

「**ななな、なに急《きゅう》に⁉**」

「急《きゅう》じゃないよ！　異性《いせい》の話《はなし》だったじゃん!!」

「えええええ!?」

リードは、言《い》うまで離《はな》さないというように、入間《いるま》をつかまえる。

「ちなみに、僕《ぼく》の独自調査《どくじちょうさ》では、尾《しっぽ》の長《なが》い女子《じょし》ってエロいらしいんだよ……」

「聞《き》いてないよ、そんな話《はなし》!!」

年《とし》ごろのリードは、女《おんな》の子《こ》に興味《きょうみ》しんしん。

対《たい》する入間《いるま》は、しどろもどろだ。

「イルマくんだって、興味《きょうみ》あるだろ、男《おとこ》なら!!」

「いやっ……なっ……」

「ウソだね!!　純情《じゅんじょう》ぶってもムダだよ！　僕《ぼく》にはわかる!!」

「**いやっ……うっ……**」

リードにつめよられ、入間《いるま》は顔《かお》を真《ま》っ赤《か》にする。

恋《こい》とか、好《す》きとかはまだよくわからないものの、興味《きょうみ》がないかと言《い》われれば……入間《いるま》だって男《おとこ》の子《こ》だ。ないことはなくもない……。

困《こま》りはてている入間《いるま》を見《み》て、リードはフー……と深《ふか》いため息《いき》をついた。

「……いいだろう！　なら僕《ぼく》も……秘密兵器《ひみつへいき》を出《だ》させてもらうよ！」

秘密兵器《ひみつへいき》……!?

まじめくさった顔《かお》で、ベッドの下《した》へもぐりこんだリード。

そして……ドヤ顔《がお》で1冊《さつ》の本《ほん》を取《と》りだした。

表紙《ひょうし》には、布面積《ぬのめんせき》の少《すく》ない服《ふく》を着《き》た、セクシーなお姉《ねえ》さん。

いわゆる――〝オトナの本《ほん》〟である。

「いいよ!!　しまってよ!!」

入間《いるま》はあわてて目《め》をそらす。

「なんで!!　貸《か》すって!!　入間《いるま》くんもこういうの見《み》たことくらいあるでしょ!!」

「あるけどっ……**全部燃《ぜんぶも》やしてたから……っ！**」

「なんで燃《も》やすの!?」

山《やま》で野宿《のじゅく》しなくちゃいけなかったとき、捨《す》てられている雑誌《ざっし》には、焚火《たきび》の材料《ざいりょう》としてずいぶんお世話《せわ》になった。

紙《かみ》って、燃《も》やすとあったかいんだよね～。

……じゃなくて！

「おじいちゃんに怒《おこ》られるよ～！」

入間《いるま》は、ぐいぐいと本《ほん》をつきかえす。

「箱入《はこい》り娘《むすめ》か！」

リードは、負《ま》けじと本《ほん》を押《お》しつける。

そのとき――ふたりの攻防戦《こうぼうせん》に終止符《しゅうしふ》を打《う》つように、部屋《へや》のふすまが、**パァン！**と開《あ》いた。


「ギャンギャンうるっさいんだよ、バカリード！　こちとらサバト明《あ》けで二日酔《ふつかよ》いなのよ!!」


あらわれたのは――リードそっくりの悪魔《あくま》だ。リードの髪《かみ》を長《なが》くして、ちょっと目《め》つきをけわしくしたような女性《じょせい》。

「ねっ、姉《ねえ》ちゃん……！」

リードの顔《かお》が、さーっと青《あお》ざめる。

あの、しめきられた部屋《へや》で眠《ねむ》っていたリードの姉《あね》、**シャックス・シャッキー**である。

ちなみにサバトとは、人間界《にんげんかい》で言《い》う「合《ごう》コン」——男女《だんじょ》が仲《なか》よくなるための飲《の》み会《かい》だ。

シャッキーは、パジャマ姿《すがた》のまま、リードのしっぽをむんずとつかむ。

「出会《であ》いに失敗《しっぱい》した姉《あね》をさしおいて～!! なに楽《たの》しそうに笑《わら》ってんだ!! ベランダに吊《つ》るしたろかい!!」

「**あだだだ!!** クラスメイトが来《き》てんだって!! やめてよ!!」

「クラスメイトぉ……?」

リード姉《あね》が視線《しせん》を動《うご》かし、入間《いるま》を見《み》た。

「あっ……イルマです。おじゃましてます」

入間《いるま》はていねいにあいさつする。

「………」

するとシャッキーは、ピタリと静止《せいし》し、「ちょっと待《ま》って!!」とあわてて部屋《へや》を飛《と》びだした。

しばらくしてもどってくると、胸元《むなもと》の大《おお》きく開《あ》いた、パーティー用《よう》のドレスに着替《きが》えているではないか。

「はじめましてぇん♡　姉《あね》のシャッキーですぅ。趣味《しゅみ》は料理《りょうり》！　好《この》みのタイプは頼《たよ》れる年《とし》上《うえ》♡　お兄《にい》さんいる？」

シャッキーは、ウィンクにピースサインで決《き》めポーズ。

「やめてよ!!」

リードは、身内《みうち》の愚行《ぐこう》に頭《あたま》をかかえる。

そして、シャッキーを無理《むり》やり部屋《へや》の外《そと》に追《お》いだす。

「出《で》てってよ、もう!!」

「なによ！　かわいい子《こ》としゃべらせてよ!!」

「もうじゅうぶんしゃべっただろ！」

リードは、ピシャッとふすまをしめて、ようやく息《いき》をついた。

「ごめんね、イルマくん……」

「ううん……」

一人《ひと》っ子《こ》の入間《いるま》は、にぎやかな姉弟《きょうだい》を、ちょっといいな、なんて思《おも》う。

それにしても……。

「お姉《ねえ》さん……似《に》てるね！」

「やめてよ!!」

入間《いるま》は悪気《わるぎ》なく言《い》ったのだが、リードは悲鳴《ひめい》をあげた。

「待《ま》って！　イルマって、理事長《りじちょう》の孫《まご》じゃない!?　**玉《たま》の輿《こし》!!」**

再《ふた》び、**スパンッ**とふすまが開《あ》いて、シャッキーが乱入《らんにゅう》してきた。

「だ──っ！　帰《かえ》ってきた!!」

今度《こんど》は、より**ゴージャスなドレス**に着替《きが》えている。

「部屋《へや》にもどれよ！」

「いやよ〜。イルマくん、お菓子《かし》食《た》べる？」

さしだされたお菓子《かし》の袋《ふくろ》に、入間《いるま》は「はい！」と目《め》を輝《かがや》かせる。

「つられないで、イルマくん!!」

「ほら、座《すわ》るからどきな！　……あら、なにこの本《ほん》」

「お———ッ!!」

床《ゆか》に落《お》ちていた〝例《れい》の本《ほん》〟を手《て》に取《と》った姉《あね》に、リードは絶叫《ぜっきょう》した。

……姉《あね》との死闘《しとう》の末《すえ》、ついにリードは暴《あば》れるシャッキーをとらえ、太巻《ふとま》きのように布団《ふとん》にくるんでしばりあげた。

リードは入間《いるま》を部屋《へや》に残《のこ》し、シャッキーを姉《あね》の自室《じしつ》に放《ほう》りこむ。

布団《ふとん》の中《なか》から頭《あたま》と足《あし》だけ出《だ》したシャッキーは、ムスッとほおをふくらませた。

「仲間外《なかまはず》れ反対《はんたい》!!」

「仲間《なかま》じゃないから……」

リードがあきれて言《い》う。

「イルマくんが**ぽやぽやしてる**からって、毒牙《どくが》にかけようとしないで!」

「**だれが毒牙《どくが》か!**　……ずいぶんと過保護《かほご》ね、アンタ」

シャッキーは、不服《ふふく》そうに口《くち》をとがらせる。

〝過保護《かほご》〟と言《い》われても、リードはまんざらでもなさそうだ。

「いや……なんか、イルマくんは……弟《おとうと》？　みたいな。僕《ぼく》が見《み》てないと危《あぶ》なっかしくてさ〜。困《こま》ったもんだ」

「アンタ……前《まえ》にもそんなこと言《い》ってなかった？」

一時期《いちじき》、クララが同《おな》じ「遊戯師団《ゲームバトラ》」に所属《しょぞく》していたころは、リードがクララの〝お世話《せわ》係《がかり》〟をしていた。

そんなリードを、シャッキーは意外《いがい》そうに見《み》つめる。

「……変《か》わったわねぇ。前《まえ》は、ひとりで行動《こうどう》して固執《こしつ》しないタイプだったのに」

シャッキーは、ニヤニヤ笑《わら》って寝返《ねがえ》りを打《う》つ。

「カッコつけまん、やめて〜？　ゲームも、多人数用《たにんずうよう》ばっかりそろえちゃって〜？　さてはアンタ……同級生《クラスメイト》たちのこと〜……大好《だいす》きになっちゃったんでしょ〜？」

シャッキーは、弟《おとうと》をからかうつもりで言《い》ったのだ。

だから、まさか――。


「**フフフッ。まぁね**」

フフフッ まぁね

そんなに幸《しあわ》せそうに笑《わら》うなんて、思《おも》いもしなかった。

「…………」

シャッキーはぽかんとして、なにも言《い》えなくなってしまった。

「あっ！　だからって、こっち入《はい》ってこないでよ!?　はい、水《みず》！　それ飲《の》んでおとなしく寝《ね》てて!!」

ポイッと、水《みず》のペットボトルが投《な》げられ、あわただしくリードが出《で》ていった。

ひとり残《のこ》されたシャッキーは、布団《ふとん》に巻《ま》かれたまま寝転《ねころ》がって、しっぽをゆらす。

「……昔《むかし》は、『つまんな〜い』が口《くち》ぐせだったクセに……。ふ〜ん……ふふ」


「ハー……つかれた……」

ようやく姉《あね》から解放《かいほう》されたリードが、部屋《へや》に戻《もど》ってきた。

「あっ、リードくん！　キャラできたよ！　みてみて！」

入間《いるま》は、完成《かんせい》したばかりのキャラクターを自慢《じまん》する。

「おお〜!! 装備全《そうびぜん》のせ！」

「教《おし》えてくれてありがとう、リードくん！」

これで、ようやくいっしょにゲームができる！

思《おも》えば、リードはいつも、入間《いるま》を助《たす》けてくれる。収穫祭《しゅうかくさい》のときだって、リードがいなければ、優勝《ゆうしょう》できなかったはずだ。

入間《いるま》は、あらためてリードにむきなおった。

「……僕《ぼく》ね、収穫祭《しゅうかくさい》で優勝《ゆうしょう》できたのは、クラスのみんなの助《たす》けがあったからだって思《おも》ってて……。中《なか》でも、リードくんには同《おな》じチームとして、すごく助《たす》けてもらったし、感謝《かんしゃ》してるんだ！」

突然《とつぜん》、真正面《ましょうめん》から感謝《かんしゃ》され、リードは少《すこ》し面食《めんく》らった顔《かお》をする。

「リードくんはおもしろいし、いつもいろいろ教《おし》えてくれるしっ！ だから僕《ぼく》はっ、リードくんのこと……っ」

入間《いるま》は、とびきりの笑顔《えがお》で。

「すごく頼《たよ》りになる——弟《おとうと》みたいだなぁって、思《おも》ってるんだ!!」

弟《おとうと》みたいだなぁって
思《おも》ってるんだ!!

……あれ？

「ちょっと待《ま》って!!　弟《おとうと》はイルマくんでしょ!?」

リードは納得《なっとく》いかずに抗議《こうぎ》する。

「……いや、リードくんが弟《おとうと》……」

けれど入間《いるま》は、「ちょっとよくわからないです」みたいな顔《かお》でリードを見《み》ている。

「なんで!?　なんでそこ頑《かたく》ななの!?」

「でも……リードくんは弟《おとうと》だから……」

「**全然《ぜんぜん》ゆずらないじゃん!!**」

また押《お》し問答《もんどう》がはじまると、シャッキーの部屋《へや》から、「**リ～ド～！　おうどん食《た》べたぁい～～～**」と甘《あま》えた声《こえ》がする。

気苦労《きぐろう》の絶《た》えない、シャックス・リード。

〝お兄《にい》ちゃん〟への道《みち》のりは、まだまだ長《なが》い……？

第3話　教師陣《きょうしじん》の宴《うたげ》

ここは、**魔界居酒屋《まかいいざかや》「げんこつや魔《ま》」**。

いつもは、サラリー魔《マ》ンでにぎわっているこのお店《みせ》——本日《ほんじつ》は〝悪魔学校《バビルス》教師御一行《きょうしごいっこう》様《さま》〟の貸《か》し切《き》りだ。

「え〜、それでは皆様《みなさま》！　ジョッキを拝借《はいしゃく》！」

輪《わ》の中心《ちゅうしん》で〝でビール〟のジョッキをかかげるのは、悪魔学校《バビルス》新任教師《しんにんきょうし》の**バルス・ロビン**。熱血指導《ねっけつしどう》がウリの、フレッシュで前《まえ》のめりな先生《せんせい》だ。

ロビンに合《あ》わせて、他《ほか》の教師《きょうし》たちも一斉《いっせい》にジョッキをかかげた。

「収穫祭《しゅうかくさい》、お疲《つか》れさまでした！　**でビ〜ル、カンパーーーイ!!**」

「「**イエ〜〜〜イ!!**」」

カチャン、カチャンと近《ちか》くの先生同士《せんせいどうし》でジョッキをぶつけあう。

〝収穫祭《しゅうかくさい》〟の成功《せいこう》を祝《いわ》って、今日《きょう》は先生《せんせい》たちも無礼講《ぶれいこう》だ。

「おいしそ～！」

次々《つぎつぎ》と運《はこ》ばれてくる料理《りょうり》に、ロビンが目《め》を輝《かがや》かせた。

「**ふいっ。**たくさん、サラダ食《た》べてね～」

サラダを取《と》りわけてくれるのは、魔生物学担当《ませいぶつがくたんとう》の**ストラス・スージー**。口癖《くちぐせ》は、「**ふいっ**」。

そのとなりの机《つくえ》では――。

「うう……。うちのクラス、全然《ぜんぜん》言《い》うこときかない……」

1年D組担任《ねんディーぐみたんにん》の**ブエル・ブルシェンコ**が、すでに、酔《よ》ってメソメソ泣《な》きはじめている。

問題児《アブノーマル》クラスに負《ま》けず劣《おと》らず、トラブルメーカーぞろいのD《ディー》クラス。担任《たんにん》は、苦労《くろう》が絶《た》えないらしい。

「酔《よ》うの早《はや》くないっスか……？」

となりで苦笑《くしょう》するのは、アクドルファンの**ムルムル・ツムル**だ。

すると、ロビンが「あれ～？」と声《こえ》をあげた。

「**オリアス先生《せんせい》**と**カルエゴ先生《せんせい》**たち、まだ来《き》てない！」

幹事《かんじ》を任《まか》されているロビンは、出席者《しゅっせきしゃ》の名簿《めいぼ》を真剣《しんけん》な顔《かお》でチェックしている。

「オリアス先生《せんせい》はお酒《さけ》飲《の》めないからな〜。カルエゴ先生《せんせい》はいつも来《こ》ないし……」

と、ツムル。

問題児《アブノーマル》クラスの担任《たんにん》、**ナベリウス・カルエゴ**は、いつも仏頂面《ぶっちょうづら》の、**厳粛《げんしゅく》な教師《きょうし》**。こういう集《あつ》まりにも、ほとんど顔《かお》を出《だ》さない。

「いや〜、あの人《ひと》はムリ……」

ブルシェンコが言《い》ったとき――ふわりと、入口《いりぐち》ののれんが押《お》しあげられた。

「あ。どうも」

あらわれたのは、空想生物学《くうそうせいぶつがく》の教師《きょうし》、**バラム・シチロウ**――そして。

「**カルエゴ先生《せんせい》!?**」

まさかの本人登場《ほんにんとうじょう》に、みんな仰天《ぎょうてん》した。

あのカルエゴ先生《せんせい》が、飲《の》み会《かい》に来《く》るなんて、**666年《ねん》に一度《いちど》の奇跡《きせき》**かもしれない。

「マジか!?　本物《ほんもの》!?」

「飲《の》み会《かい》なんて絶対来《ぜったいこ》ないのに!」

「居酒屋似合《いざかやにあ》わない!!」

お酒《さけ》の入《はい》った先生《せんせい》たちは、言《い》いたい放題《ほうだい》。

当《とう》のカルエゴは、いつも以上《いじょう》に眉間《みけん》のシワを濃《こ》くして、ものすごく嫌《いや》そ～な顔《かお》で立《た》っている。

「帰《かえ》ろうとしてたので、捕《つか》まえました！」

なかなか入《はい》ろうとしないカルエゴを、後《うし》ろからぐいぐい押《お》しながら、バラムが言《い》う。

「バラム先生《せんせい》にお願《ねが》いしといてよかったね！」

と満足《まんぞく》そうにしているのは、先生《せんせい》たちのまとめ役《やく》、**ダンタリオン・ダリ先生《せんせい》**。

「ね～！　今日《きょう》は、僕《ぼく》が幹事《かんじ》なんですよ！　ほめて、ほめて！」

ロビンは、臆《おく》することなくカルエゴに絡《から》みにいく。

「あのふたりの仕業《しわざ》か……」

他《ほか》の先生《せんせい》たちは、納得《なっとく》、というふうにうなずきあった。

カルエゴと仲《なか》のいいバラムに、あらかじめ根回《ねまわ》ししていたらしい。

「なに飲《の》みます!?」

カルエゴが席《せき》につくやいなや、ダリが聞《き》く。

「いや、なんでも」

カルエゴはつれない。

ツムルが、カルエゴとバラムにメニューを差《さ》しだした。

「ワインもありますよ！　ちなみに、会計《かいけい》は理事長持《りじちょうも》ちで……」

「**〝大黒魔境《だいこくまきょう》〟千年《せんねん》ものの悪《あく》の雫《しずく》**」

〝理事長《りじちょう》〟と聞《き》くなり、食《く》い気味《ぎみ》に、カルエゴがメニューを読《よ》みあげる。

「なっ、流《なが》れるように一番高《いちばんたか》い酒《さけ》を……!!」

〝大黒魔境《だいこくまきょう》〟千年《せんねん》もの悪《あく》の雫《しずく》――**1本《ぽん》18万円《まんえん》なり。**

理事長《りじちょう》ことサリバンに、うらみがたまっているカルエゴの、ささやかな仕返《しかえ》しだ。

「それ、度数《どすう》めっちゃ高《たか》いですよ……？」

ツムルは、やや引《ひ》いている。

お酒《さけ》は、アルコールの度数《どすう》が高《たか》いほど、よっぱらいやすいのだ。

「あ、僕《ぼく》が飲《の》むんで」

すっと手《て》をあげたのはバラムだ。

「バラム先生《せんせい》、お酒強《さけつよ》いんですね」

「まぁ……」

あらためて言《い》われると、バラムも、少《すこ》し照《て》れてしまう。

「僕《ぼく》も飲《の》みたい！」

なんにでも前《まえ》のめりのロビンが、ハイハイと手《て》をあげる。

「おつまみはどうします？」

そのとなりで、**マルバス・マーチ**が、カルエゴに食事《しょくじ》のメニューをさしだした。

センター分《わ》けの髪《かみ》に、細《ほそ》い目《め》のマルバス。正直《しょうじき》、他《ほか》の悪魔《あくま》にくらべると影《かげ》がうすく、地《じ》味《み》な先生《せんせい》だ。

「からあげ、つけもの、あとヤキトリ、、、……**あっ**」

マルバスは、しまった、という顔《かお》をする。

なんたって、目《め》の前《まえ》にいるのは**使《つか》い魔《ま》モフエゴ**……いや、**カルエゴ**だからだ。

「すみません……」

「なぜあやまるんですか」

なにかを察《さっ》したカルエゴは、心外《しんがい》だというふうに言《い》った。

「ヤキトリだめなんですか、ジミー先生《せんせい》」

ひょこっと、ロビンが会話《かいわ》に顔《かお》を出《だ》す。

「マルバス先生《せんせい》ね」

ちゃんと名前《なまえ》を憶《おぼ》えていないロビンに、バラムがあらためて紹介《しょうかい》した。

「えっと、担当《たんとう》は……」

「あっ、**拷問学**《ごうもんがく》です」

いかにも温厚《おんこう》そうなマルバスだが、その担当教科《たんとうきょうか》は、「拷問学《ごうもんがく》」。相手《あいて》を少《すこ》しずつ痛《いた》めつけて、白状《はくじょう》させる方《ほう》法《ほう》を学《まな》ぶ授業《じゅぎょう》である。

くわしい内容《ないよう》については……悪夢《あくむ》を見《み》たくなければ、聞《き》かないことをおすすめする。

「えッ！　意外《いがい》!!　マルバス先生《せんせい》、地味《じみ》ーな顔《かお》してるのに！」

ロビンは、はじめてマルバスを尊敬《そんけい》のまなざしで見《み》つめた。

「ズバッと言《い》うね……。……工芸《こうげい》の家系《かけい》だから」

マルバスは、ぎこちなく笑《わら》う。

「へぇ。ご兄弟《きょうだい》は？」と、バラム。

「えーと、姉《あね》が……。アクドルのマネージャーやってて」

「ええッ!?」

次々飛《つぎつぎと》びでる驚《おどろ》きの情報《じょうほう》に、ロビンがまた大《おお》きな声《こえ》をあげた。

「えー、すごーい!!　どのアクドル!?」

「それは言《い》えない」

実《じつ》は、超人気《ちょうにんき》アクドル〝**くろむちゃん**〟のマネージャーなのだが……そんなことが知《し》れたら大騒《おおさわ》ぎになってしまう。

「まぁ、でも、身内《みうち》っていえば……」

と、ツムルが宴会場《えんかいじょう》の端《はし》に目《め》をやる。

そこに座《すわ》っているのは、魔術知識学《まじゅつちしきがく》のおじいちゃん先生《せんせい》、**モラクス**と、その孫《まご》である**モラクス・モモノキ**だ。

「ほれ、こぶ茶《ちゃ》だぞ」

モラクスから、湯《ゆ》のみに入《はい》った熱々《あつあつ》のこぶ茶《ちゃ》がさしだされる。

「いや、あのっ……おじい様《さま》ッ。私《わたし》もお酒《さけ》を……」

モモノキは、さしだされたこぶ茶《ちゃ》を、困《こま》ったように断《ことわ》った。

「ならん！　こんな男《おとこ》ばかりの無法地帯《むほうちたい》で!!」

モラクスはまわりの座布団《ざぶとん》をかきあつめ、**孫《まご》をガード！**

せっかくの飲《の》み会《かい》なのに、モモノキは過保護《かほご》なモラクスじいじに捕《つか》まっていた。

「バリケードしいてる……」

「職場《しょくば》に身内《みうち》がいるのも大変《たいへん》！」

マルバスとダリが遠目《とおめ》に様子《ようす》をうかがっていると……。

「**モモノキ先生《せんせい》――――!!　こっち来《き》てくださいよ――――!**」

恐《おそ》れ知《し》らずのロビンが、座布団《ざぶとん》バリケードを破壊《はかい》し、モモノキを救《すく》いだした。

……は、いいものの。あれよ、あれよと座《すわ》らされたのは、なんとカルエゴの……。

「**となり!!**」

カルエゴの大《だい》ファンであるモモノキ。あっという間《ま》に、酔《よ》ったように顔《かお》が赤《あか》くなった。

「モモノキ先生《せんせい》は～、新任《しんにん》のとき、どんな感《かん》じだったんですか!?」

ロビンにたずねられ、モモノキは縮《ちぢ》こまりながら答《こた》える。

「わたっ、私《わたし》が、そのっ、新任《しんにん》のときは……っ、カルエゴ先生《せんせい》が教育係《きょういくがかり》で……っ、お世話《せわ》につ……」

当時《とうじ》を思《おも》い出《だ》して、モモノキは頬《ほお》に手《て》をあてる。

「僕《ぼく》といっしょだー!　……じゃあじゃあ、カルエゴ先生《せんせい》の教育係《きょういくがかり》は!?」

「うっ……。それは……っ」

めずらしく、カルエゴが言葉《ことば》につまる。

「**僕《ぼく》だよ!**」

カルエゴよりも先《さき》に、ダリが答《こた》えた。

5本《ほん》の指《ゆび》の間《あいだ》に、器用《きよう》にヤキトリの串《くし》をはさんで遊《あそ》んでいるダリに、先生《せんせい》たちは……。

「嘘《うそ》に1票《ぴょう》」と、マルバス。

「冗談《じょうだん》に1票《ぴょう》」と、ツムル。

「酔《よ》ってるに1票《ぴょう》」と、ブルシェンコ。

「そんなにペラいかなあ、僕《ぼく》の発言《はつげん》」

ダリは、ははは、と笑《わら》う。

ダリの発言《はつげん》は、いつも本当《ほんとう》か冗談《じょうだん》かわからない。

しかし、バラムから「本当《ほんとう》の話《はなし》だよ」と言《い》われ、若《わか》い教師《きょうし》たちはびっくり。

「まぁ〜、最初《さいしょ》はぎこちなかったよ〜」

「ちょっと……」

昔話《むかしばなし》をはじめたダリに、カルエゴはバツが悪《わる》そうだ。

「愛想《あいそ》もないし、態度《たいど》も冷《つめ》たくてきびしくて……**まぁ、今《いま》もだけど**。話《はな》しかけても、『はぁ』しか言《い》わないし」

ダリは、新任《しんにん》だったころのカルエゴをなつかしむ。

「新任《しんにん》が飲《の》み会《かい》の幹事《かんじ》やるんだ、って言《い》ったら、**超高級《ちょうこうきゅう》レストラン**予約《よやく》しちゃうし」

「いきつけの店《みせ》だったもので……」

飲《の》み会《かい》で高級《こうきゅう》フルコースを食《た》べたのは、あのときくらいだろう。

「仕事《しごと》は完《かん》ペキだったけど、よせつけない雰囲気《ふんいき》あったよね」

困《こま》ったもんだとでも言《い》いたげに、ダリは苦笑《くしょう》する。

「でも、そんなカルエゴ先生《せんせい》が――今《いま》じゃ問題児《アブノーマル》クラスと大《だい》の仲《なか》よしだもんねぇ～」

「あぁ～～」

まわりの先生《せんせい》たちも、一様《いちよう》に同意《どうい》。

ただひとり、カルエゴ本人《ほんにん》は……。

「はあ……？」

心底納得《しんそこなっとく》がいかないという顔《かお》で、口《くち》から噴《ふ》きだした酒《さけ》をぬぐった。

「あれ？　ちがった？」と、ダリはニヤニヤしている。

「でも、すごい生徒《せいと》たちですよ～」

スージーが、あらためて褒《ほ》めた。

「中《なか》でも、**やっぱりイルマくん！**」

「出《で》た！　話題《わだい》の中心《ちゅうしん》！」

なにかと派手《はで》な行動《こうどう》が目立《めだ》つ入間《いるま》のことは、先生《せんせい》たちもついつい注目《ちゅうもく》してしまう。

「理事長《りじちょう》の孫《まご》って聞《き》いたときはびっくりしたけどな～。今《いま》なら納得《なっとく》……」

ダリが、うんうんとうなずく。

「入学式《にゅうがくしき》から飛行試験《ひこうレース》……ピンクの花《はな》をさかせたり、なんといってもカルエゴ先生《せんせい》の主《しゅ》じ**――あ、すみません**」

こわい顔《かお》で〝飼《か》い犬《いぬ》〟の**ケルベロス**を出現《しゅつげん》させたカルエゴを見《み》て、ダリは即座《そくざ》に謝《あやま》った。

「予想外《よそうがい》よねぇ」と、スージー。

「**王の教室**《ロイヤル・ワン》も開《あ》けちゃったし」と、マルバス。

「**遊園地**《ウォルターパーク》での騒動《そうどう》は肝《きも》が冷《ひ》えました……」と、モモノキ。

先生《せんせい》たちは口々《くちぐち》に言《い》いあうが、本音《ほんね》はみんな、「次《つぎ》はなにをしでかすんだろう」と、ワクワクしているのだ。

「ねぇ～。派手《はで》だよねぇ、ほんと！」

と、ツムルが言《い》えば、ロビンが、うんうんとうなずく。

「放《ほう》っておけないですよね～！　やっぱり、生徒《せいと》と教師《きょうし》は、家族《かぞく》み

たいなものですし！」

「**ちがう**」

突然《とつぜん》、カルエゴが、ぴしゃりと言《い》う。

「え？」

水《みず》を打《う》ったように、宴会場《えんかいじょう》が静《しず》まりかえる。

ロビンは、なにか変《へん》なことを言《い》っただろうかと、首《くび》をかしげて固《かた》まっている。

「ロビン先生《せんせい》。悪魔学校《バビルス》の若《わか》き才能《さいのう》は、魔界《まかい》の新《あたら》しい刺激《しげき》……。問題児《アブノーマル》に限《かぎ》らず、生徒《せいと》はみな魔界《まかい》の大事《だいじ》な宝《たから》です」

ダリは立《た》ちあがり、バサリと背中《せなか》の羽《はね》を広《ひろ》げた。

「そして、我《われ》らは守人《もりびと》。その心構《こころがま》えはたったひとつです」

それを合図《あいず》に、**ドン**――と、教師《きょうし》たちは盃《さかずき》を机《つくえ》に載《の》せる。

その光景《こうけい》は、まるで儀式《ぎしき》のようだ。異様《いよう》な空気《くうき》に、ロビンは身《み》動《うご》きもできない。

テーブルの上《うえ》で浮遊《ふゆう》するダリは、盃《さかずき》をかかげ、高《たか》らかに宣言《せんげん》

した。

「我《われ》らが愛《いと》しき学仔《まなご》たちを、守《まも》るが至上《しじょう》。命《いのち》の盟約《めいやく》。——宝《たから》を狙《ねら》う敵《てき》には、凄惨《せいさん》たる〝教育《きょういく》〟を」

そのするどい瞳《ひとみ》に、ロビンは思《おも》わず、ぞくっと鳥肌《とりはだ》が立《た》った。

「はいっ、カンパ〜イ!!」

「イエ〜〜〜イ!」

けれど、次《つぎ》の瞬間《しゅんかん》には元通《もとどお》り、ゆる〜い空気《くうき》に。

先生《せんせい》たちは、あらためて、〝でビール〟で乾杯《かんぱい》しはじめる。

「……!?」

ロビンが目《め》をぱちくりさせていると、「おぉ〜。息《いき》ぴったり〜」と、バラムがのんびり言《い》った。

「悪魔学校《バビルス》の伝統《でんとう》ある口上《こうじょう》を、乾杯《かんぱい》に使《つか》うとは……」

カルエゴが、深《ふか》いため息《いき》をついた。

どうやら、飲《の》み会《かい》では恒例《こうれい》の乾杯《かんぱい》らしい。

「まぁ、以上《いじょう》が……教師《きょうし》の心構《こころがま》えだ。しっかり覚《おぼ》えろよ、新任《しんにん》」

カルエゴが〝教育担当《きょういくたんとう》〟らしく言《い》う。

「……はい!!」

ロビンは目《め》を輝《かがや》かせて返事《へんじ》をした。

これこそが、あこがれの〝悪魔学校《バビルス》の教師《きょうし》〟の姿《すがた》だ。

「よーし！　ビンゴ大会《たいかい》やるよ～!!」

魔界《まかい》でも、みんなでワイワイ楽《たの》しむといえば、やっぱりビンゴ。タテ・ヨコ・ナナメの数字《すうじ》をあけていく、あのビンゴだ！

カルエゴは、ビンゴになった手元《てもと》のカードを、めんどうがってスルーしていたが……。

「カルエゴくん、ビンゴじゃない!?　はいっ！　こっち！　ビンゴです!!」

となりにいたバラムにバレて、大声《おおごえ》で発表《はっぴょう》された。

見事《みごと》、１等賞《とうしょう》を獲得《かくとく》したカルエゴには――「**黄金《おうごん》のじいじ像《ぞう》**」という名《な》の、金《きん》ピカのサリバン像《ぞう》が贈呈《ぞうてい》された。

カルエゴは思《おも》った。……いらない。


かくして、大《おお》いに盛《も》りあがった教員《きょういん》たちの打《う》ちあげは、無事終了《ぶじしゅうりょう》し……。

あとに残《のこ》ったのは、たくさんの酔《よ》っぱらいたち。

「おーい!!　起《お》きてくださーい！」

「**が～～～……ぐぉ～～～……**」

大《おお》いびきをかいて床《ゆか》にのびている先輩教師《せんぱいきょうし》たちに、ロビンは大《おお》あわてで声《こえ》をかける。

……しかし、もちろん起《お》きる気配《けはい》などなく。

「全員送《ぜんいんおく》れよ、幹事《かんじ》。……あと、これは返却《へんきゃく》しておけ」

カルエゴとバラムは、「**黄金《おうごん》のじいじ像《ぞう》**」を残《のこ》して、無慈悲《むじひ》にも帰《かえ》っていった。

これが、大人《おとな》の〝洗礼《せんれい》〟――。

「**なんてこった!!**」

ロビンの悲痛《ひつう》な叫《さけ》びが、静《しず》かな夜《よる》にこだましたのだった――。

第4話　魔《ま》界《かい》のゆらぎ

「やー、本《ほん》ッ当《とう》に、修業《しゅぎょう》お疲《つか》れ様《さま》！」

テーブルの上《うえ》をうめつくす、甘《あま》～いスイーツを前《まえ》に、サリバンがほほえんだ。

「入間《いるま》くんも、優勝《ゆうしょう》して【4】《ダレス》になれたし！　バチコちゃんにお願《ねが》いして本当《ほんとう》によかったよ～！」

「はっ、そんなっ……。へへへ……」

入間《いるま》の師匠《ししょう》――**バルバトス・バチコ**は、照《て》れたように笑《わら》う。

バチコは今日《きょう》、修業《しゅぎょう》のお礼《れい》がしたいと、サリバン直々《じきじき》に家《いえ》にお呼《よ》ばれされたのだ。

サリバンは、バチコにとってあこがれの悪魔《あくま》。顔《かお》を合《あ》わせるだけで、緊張《きんちょう》してしまう。

「バチコちゃんは13冠《かん》に匹敵《ひってき》する実力者《じつりょくしゃ》だしね！」

「そっ、そんなっ！」

バチコはあわてて両手《りょうて》をふる。

「13冠《かん》の方々《かたがた》のほうが、もっと強《つよ》——……」

と、言《い》いかけて。

「あの、服《ふく》のシュミのわっっっるいずーずー女《おんな》は別《べつ》ですが……！」

13冠《かん》のひとり、**精霊主《せいれいぬし》・パイモン**のことを思《おも》い出《だ》し、すぐに顔《かお》をしかめた。

パイモンは、ずーずー弁《べん》で話《はな》す、ゴスロリファッションの美少女悪魔《びしょうじょあくま》。

ふたりが顔《かお》を合《あ》わせれば、いつもこんな感《かん》じだ——。

「ま〜だガキみでぇなもんばっか食《く》うでるだか？　においまであんめぇぐて不快《ふかい》だべや」

パイモンがバチコの胸《むな》ぐらをつかめば。

「あぁん？　そっちこそ、いなかくさくって、近《ちか》づかれたらキノコが生《は》えらぁ」

バチコも負《ま》けじとつかみ返《かえ》す——。

「ハッハッハ。仲《なか》よしだなぁ〜」

対抗意識《たいこういしき》を燃《も》やすバチコを見《み》て、サリバンはのんきに笑《わら》う。

「……きみは、人《ひと》づきあいが苦手《にがて》だから、講師《こうし》を引《ひ》きうけてくれるか心配《しんぱい》だったけど……」

サリバンに言《い》われ、バチコもはじめて入間《いるま》に会《あ》ったときのことを思《おも》い返《かえ》した。

「……そうですね。最初《さいしょ》は顔《かお》だけ見《み》て帰《かえ》ろうと思《おも》ってました。でも……」

どれだけスパルタな修業《しゅぎょう》を言《い》いつけても、かならずやり遂《と》げる入間《いるま》。

そんな弟子《でし》は、これまでも、これからも見《み》つかりっこない。

だから——胸《むね》を張《は》って言《い》える。

「でも今《いま》は、ちゃんとあッチの一番弟子《いちばんでし》だと思《おも》っています！」

「そっか！」

サリバンは、やさしくほほえんだ。

……そして、たくさんあったスイーツも、ほとんど食《た》べ終《お》えたころ。

「さて！　じゃあ、大体《だいたい》お話《はなし》もすんだし。ここは片《かた》づけ！」

魔術《まじゅつ》であっという間《ま》にテーブルや食器《しょっき》を片《かた》づけ、サリバンが口《くち》を開《ひら》く。

「——て、次《つぎ》の話《はなし》といこう」

瞬間《しゅんかん》、サリバンから笑《え》みが消《き》える。

サリバンの言葉《ことば》は、水中《すいちゅう》にいるようにくぐもって聞《き》こえた。

それがなにを意味《いみ》するか、バチコはすぐに理解《りかい》する。


〝盗聴防止《パーフェクトスピーク》〟


声《こえ》に出《だ》さずに呪文《じゅもん》を唱《とな》え、バチコもサリバンの会話《かいわ》の中《なか》へもぐる。

「バルバトス・バチコ、承《うけたまわ》ります」

〝盗聴防止《パーフェクトスピーク》〟――会話《かいわ》を他《ほか》の悪魔《あくま》に盗《ぬす》み聞《ぎ》きされないように、言葉《ことば》にバリアを張《は》る魔術《まじゅつ》だ。

サリバンがこの魔術《まじゅつ》を使《つか》うということは、ここから先《さき》の会話《かいわ》は、魔界《まかい》でも最大機密情報《さいだいきみつじょうほう》――。バチコはひざまずき、真剣《しんけん》な顔《かお》で耳《みみ》をかたむけた。

「ウム」

サリバンは、ひとつうなずくと。

「まず……次《つぎ》の**〝13冠の集い《サーティーン・ディナー》〟**が中止《ちゅうし》となった」

「……！」

〝13冠の集い《サーティーン・ディナー》〟とは、魔界《まかい》の有力者《ゆうりょくしゃ》たちが集《あつ》まって、食事《しょくじ》を楽《たの》しみながら会議《かいぎ》を行《おこな》う場《ば》のことだ。

魔界《まかい》の重要《じゅうよう》な会議《かいぎ》が中止《ちゅうし》とあれば、これは由々《ゆゆ》しき事態《じたい》だ。

「理由《りゆう》は、ここ数日頻発《すうじつひんぱつ》している、有力悪魔《ゆうりょくあくま》の失踪《しっそう》だ。——貴族会《デビラム》、戦場《せんじょう》、あらゆる場《ば》から高位階《ハイランク》の悪魔《あくま》が消《き》えている」

サリバンは、オペラが差《さ》しだした「報告書《ほうこくしょ》」の束《たば》に目《め》を通《とお》す。

「原因《げんいん》は不明《ふめい》……だが、元凶《げんきょう》の目途《めど》はついてる」

「……めど？」

バチコは眉《まゆ》をひそめた。

「そう……。〝あらゆる悪事《あくじ》にその団体《だんたい》あり〟とうたわれる——」

〝**六指衆《むさしのしゅう》**〟

その名《な》に、部屋《へや》の空気《くうき》がピリッとはりつめる。

「足跡《そくせき》がない……ゆえに、彼《かれ》らだとわかる」

「……なるほど、つまり――」

バチバチッと、バチコの手《て》の中《なか》に雷光《らいこう》をまとった弓矢《ゆみや》があらわれる。

勢《いきお》いよく弓《ゆみ》を引《ひ》きしぼり、覚悟《かくご》の決《き》まった顔《かお》でバチコは意気込《いきご》む。

「このバルバトスが誇《ほこ》る、最強《さいきょう》の弓《ゆみ》の出番《でばん》――そういうわけですね……!!」


「あっ。ごめん、ちがうちがう!!」

あちゃ～と、サリバンは口《くち》に手《て》を当《あ》てる。

「えッ！　ちっ……ちがうんですか……」

「うん。大丈夫《だいじょうぶ》、おろしていいよ」

やる気満々《きまんまん》だったバチコの弓《ゆみ》が、しゅ～ん……と消《き》えた。

サリバンは続《つづ》ける。


「魔界《まかい》が不穏《ふおん》にゆれているときこそ、教育者《きょういくしゃ》は教育《きょういく》に専念《せんねん》すべきだよ。生徒《せいと》たちによりよ

魔界《まかい》が不穏《ふおん》に揺《ゆ》れている時《とき》こそ
教育者《きょういくしゃ》は教育《きょういく》に専念《せんねん》すべきだよ
生徒《せいと》たちにより良《よ》い知識《ちしき》を与《あた》え育《そだ》て 守《まも》る
我々《われわれ》大人《おとな》が彼《かれ》らを導《みちび》くことこそ魔界《まかい》の平穏《へいおん》につながるんだから

い知識《ちしき》を与《あた》え、育《そだ》て、守《まも》る。――我々大人《われわれおとな》が、彼《かれ》らを導《みちび》くことこそ、魔界《まかい》の平穏《へいおん》につながるんだから」

悪魔学校《バビルス》の理事長《りじちょう》らしい、威厳《いげん》のあるまなざしで言《い》ったあと。

「ねっ」

元《もと》のやさしい〝おじいちゃん〟の顔《かお》にもどって、サリバンがほほえむ。

「〜〜〜〜はっ！」

弾《はじ》かれたように、バチコは返事《へんじ》をした。

(これが……これが次期魔王候補《じきまおうこうほ》、三傑《さんけつ》サリバン公《こう》!! やっぱり、言葉《ことば》の重《おも》みがちがうぜ!!)

サリバンが、いかに広《ひろ》い視野《しや》で物事《ものごと》をとらえているか。

バチコはそれを思《おも》い知《し》って、感激《かんげき》のあまりにやけてしまった。

他《ほか》の悪魔《あくま》とは、器《うつわ》がちがう。やっぱり、サリバンはバチコのあこがれだ。

「だからバチコちゃん。このまま、僕《ぼく》の孫《まご》の特別講師《とくべつこうし》は継続《けいぞく》してね」

「はい！」

「イルマくん、人間《にんげん》だし」

「はい！」

………。

「ん？」

元気《げんき》よく返事《へんじ》をしたバチコは、しばらく固《かた》まって。


「えええええええ!?」


〝盗聴防止《パーフェクトスピーク》〟をつきやぶる勢《いきお》いで叫《さけ》んだ。

たしかに常々《つねづね》、〝悪魔《あくま》らしくない〟とは思《おも》ってた。思《おも》ってたけど……!!

わなわな震《ふる》えるバチコに、オペラが言《い》う。

「この事実《じじつ》を知《し》っているのは、理事長《りじちょう》と私《わたし》……それと、バラム教諭《きょうゆ》のみです」

サリバンは〝盗聴防止《パーフェクトスピーク》〟を解除《かいじょ》し、床《ゆか》にへたりこんでしまったバチコの頭《あたま》をなでる。

「キミの意志《いし》は尊重《そんちょう》するよ。今《いま》の会話《かいわ》の記憶《きおく》を消《け》すか、僕《ぼく》らといっしょに入間《いるま》くんを守《まも》るか……」

その言葉《ことば》はやさしいが、今《いま》ここで決断《けつだん》しろ、と言《い》っているようにも聞《き》こえた。

今《いま》の話《はなし》を忘《わす》れるということは、入間《いるま》の秘密《ひみつ》から、目《め》をそむけるということだ。

「……そ、」

バチコが言《い》いかけたとき、ガチャリと部屋《へや》のドアがあいた。

「おはようございます～。オペラさん、今日《きょう》の朝食《ちょうしょく》……」

まだ寝起《ねお》きの顔《かお》で、なにも知《し》らない入間《いるま》が部屋《へや》に入《はい》ってきた。

「**……って、師匠《ししょう》!?　なんで!?**」

しかし、バチコの顔《かお》を見《み》て、ばっちり目《め》が覚《さ》めたようだ。

「イルマく～ん！　おはよ～～！」

「本日《ほんじつ》の朝食《ちょうしょく》はオムレツですよ」

まるで家族同然《かぞくどうぜん》に、サリバンとオペラの間《あいだ》に溶《と》けこんでいる入間《いるま》。

その姿《すがた》を見《み》て、バチコは思《おも》う。


……人間《にんげん》。

なんだか……妙《みょう》にしっくりきちまったんだよな。

だって……。

だって、悪魔《あくま》じゃねぇってことはよ……。

やっぱりあッチの弟子《でし》は――こいつしかいねぇってことじゃねーか。

いつもと同《おな》じ、危機感《ききかん》なんかまるでない笑顔《えがお》で近《ちか》づいてくる入間《いるま》に、バチコは、やれやれ、と息《いき》をつく。


ったく、しょうがねぇな……。

人間《にんげん》だろうがなんだろうが、これからもあッチが……**しっかり面倒《めんどう》みてやるぜ!**

入間《いるま》は、バチコと顔《かお》を合《あ》わせるなり、すぐに準備《じゅんび》に取《と》りかかった。

優雅《ゆうが》なティータイムは、テーブルとイスのセッティングから。

弟子《でし》たるもの、師匠《ししょう》の顔《かお》を見《み》ただけで、今日《きょう》のおやつをチョイスできなければ――。

「……バチコちゃん?」

「ハッ……！」

つい、いつもの流《なが》れで入間《いるま》に紅茶《こうちゃ》を淹《い》れさせてしまったバチコは、サリバンに呼《よ》ばれてとびあがった。

「イルマくん、使《つか》いっぱしりにしてるの……？」

「聞《き》き捨《ず》てなりませんね」

サリバンとオペラにつめよられ、バチコは滝《たき》のような汗《あせ》をかく。

「いえっ、これっ、ちがうんです！　これも修業《しゅぎょう》の一環《いっかん》で……！」

「洗濯《せんたく》と掃除《そうじ》もします！」

「あ～～ッ！」

大声《おおごえ》で叫《さけ》んだが、もう遅《おそ》い。

……バチコは、サリバンにちょっぴりお説教《せっきょう》をくらったのだった。


――その日《ひ》の夜《よる》。

入間《いるま》は、ふかふかのベッドに寝転《ねころ》がり、ふ～っとため息《いき》をついた。

「なんかよくわからないけど、また師匠《ししょう》に怒《おこ》られた……。いつも通《どお》りにしたのに……」

お茶《ちゃ》のタイミングも完《かん》ペキだったはずだけど。と、入間《いるま》は首《くび》をひねる。

「アリさーん？」

いつもみたいに、ひとりになった部屋《へや》で、アリさんを呼《よ》んでみる。

アリさんは、入間《いるま》がいつも中指《なかゆび》につけている**悪食《あくじき》の指輪《ゆびわ》**の化身《けしん》で、いざというときには助《たす》けてくれる、入間《いるま》の強《つよ》い味方《みかた》。

「……寝《ね》てるのか。あとで魔力《まりょく》の残《のこ》り、確認《かくにん》しておこう……」

人間《にんげん》の入間《いるま》に魔力《まりょく》はないから、指輪《ゆびわ》には、サリバンの魔力《まりょく》がこめられている。入間《いるま》はこの魔力《まりょく》を調整《ちょうせい》して、魔術《まじゅつ》が使《つか》えるように見《み》せているのだ。

（そういえば、明日《あした》から制服《せいふく》が冬服《ふゆふく》になるんだった。最近寒《さいきんさむ》くなってきたし、コートも出《だ》しておかなくちゃ！）

……なんて考《かんが》えていたら、明日《あした》の学校《がっこう》がますます楽《たの》しみになってきた。

なんたって、次《つぎ》のビッグイベントが、すぐそこにせまっているのだ。

入間《いるま》はクローゼットから、まだカバーがかかったままの冬服《ふゆふく》を取《と》りだして、姿見《すがたみ》の前《まえ》で体《からだ》に当《あ》ててみる。
明日《あした》は、なんだか、ワクワクするような、
新《あたら》しいことが起《お》きる予感《よかん》がした。

「さあ、次《つぎ》は――**音楽祭《おんがくさい》!!**」

第5話 もうひとりの悪魔《あくま》

そしてむかえた、冬服登校《ふゆふくとうこう》の初日《しょにち》――。

「あの～……これは……」

サリバンとオペラから何重《なんじゅう》にもコートを着《き》せられ、**もっこもこ**になった入間《いるま》が言《い》う。

「防寒《ぼうかん》!! 寒《さむ》くなってきたからね～。もっといる?」

「ううん!! だっ、大丈夫《だいじょうぶ》! ありがとう!」

ウキウキのサリバンに、入間《いるま》はあわてて言《い》う。

すでに、もこもこすぎて身動《みうご》きが取《と》れない……。

そのとき、玄関《げんかん》から元気《げんき》な声《こえ》がした。

「イルマち～～!」

「イルマ様《さま》～～!」

アズくんとクララだ!

「お。お迎《むか》えだね」

「うん!!」

結局《けっきょく》、コートは1枚《まい》だけにして、サリバンとオペラに手《て》をふった。

「じゃあ……いってきます！」

「いってらっしゃ～い」

3人並《にんなら》んで登校《とうこう》していく入間《いるま》の後《うし》ろ姿《すがた》に、サリバンはハンカチをふり、オペラはこっそり写真《しゃしん》を撮《と》った。


学校《がっこう》にむかう道《みち》の途中《とちゅう》、アスモデウスが、とあるものをさしだした。

「イルマ様《さま》、こちらを」

それは、サングラスのように、レンズに色《いろ》のついたメガネだった。

でも、これはただのメガネじゃない。

「**認識阻害《にんしきそがい》メガネ！**」

存在《そんざい》を目立《めだ》たせないようにする、認識阻害《にんしきそがい》の魔術《まじゅつ》がかけられたメガネなのだ。

デザインも、3人《にん》おそろい！

「〝王の教室《ロイヤル・ワン》〟での教訓《きょうくん》を生《い》かし！　これなら、絶対目立《ぜったいめだ》ちません！」

アスモデウスが胸《むね》を張《は》る。

「イルマ様《さま》は若王《じゃくおう》!!　他《ほか》の1年生《ねんせい》にとっては憧《あこが》れの的《まと》！見《み》つかったら、囲《かこ》まれてしまいますので！」

そういえば、〝王の教室《ロイヤル・ワン》〟を開放《かいほう》したときは、問題児《アブノーマル》クラスが大注目《だいちゅうもく》されて大変《たいへん》だったなぁ……。

入間《いるま》も、思《おも》い出《だ》して苦笑《にがわら》い。

「ありがとう、アズくん！」

「もみくちゃにされては、かないませんから」

おかげで、悪魔学校《バビルス》のメインゲートをくぐっても、だれも入間《いるま》たちに気《き》づいていないみたいだ。

「まぁ……まったく学習《がくしゅう》してないアホもいるようですが……」

と、アスモデウスが前方《ぜんぽう》をしめした。

そこには――。

「**あ～～～!!**」

「**ピギィイ！　お助《たす》けぇ～～～!!**」

「**いだだだだ!!**」

もみくちゃにされている、問題児《アブノーマル》クラスの**リード**、**カイム・カムイ**、**ガープ・ゴエモン**の姿《すがた》が。

「ちやほやされたい」という欲《よく》に忠実《ちゅうじつ》な彼《かれ》らには、認識阻害《にんしきそがい》メガネをかけるなんて発想《はっそう》は、なかったみたいだ。

〝王の教室《ロイヤル・ワン》〟へ入《はい》ると、冬服姿《ふゆふくすがた》のみんなが出迎《でむか》えた。

「おっ。来《き》た、イルマくん！」

ひらひらと手《て》をふるのは、**アンドロ・M《エム》・ジャズ**。

ジャズも、他《ほか》のクラスメイトたちも、みんな認識阻害《にんしきそがい》メガネをかけて登校《とうこう》したようだ。

「……と、なにそれ」

ジャズは、アスモデウスが引《ひ》きずってきた、くたびれているリードたちを見《み》て言《い》った。

「うかれポンチだ」

アスモデウスがそっけなく答《こた》える。

ぐったり床《ゆか》に倒《たお》れたリードは、こう語《かた》った。

「〝王の教室《ロイヤル・ワン》〟のときみたいにポーズ取《と》ってたら、だんだん遠慮《えんりょ》がなくなっていって……」

写真《しゃしん》やサインだけでは飽《あ》きたらず、散々《さんざん》な目《め》にあったらしい。

「普通《ふつう》は、位階《ランク》上《あ》がったら恐《おそ》れられるんだけどなぁ～」

と、ジャズはニヤニヤ笑《わら》う。

「まぁ目立《めだ》つ練習《れんしゅう》としてはいいけどさ。次《つぎ》の祭《まつ》りにむけて。……ねっ、イルマくん」

ジャズにふられ、入間《いるま》は「うん！」と、少《すこ》し緊張《きんちょう》気味《ぎみ》にうなずいた。

なんたって……もうすぐ、大事《だいじ》な試験《しけん》がやってくるのだ。

入間《いるま》たち、問題児《アブノーマル》クラスには、課題《かだい》が課《か》せられている。

「2年生《ねんせい》に上《あ》がるまでに、クラス全員《ぜんいん》が位階《ランク》【4《ダレス》】に上《あ》がること」

もし、ひとりでも【4《ダレス》】に上《あ》がれなければ、苦労《くろう》して手《て》に入《い》れた〝王の教室《ロイヤル・ワン》〟は没収《ぼっしゅう》だ。

そして、みんなに残《のこ》された最後《さいご》の昇級《しょうきゅう》チャンスこそ――。

1年生最終表現《ねんせいさいしゅうアピール》——音楽祭《おんがくさい》!!

合唱《がっしょう》、バンド、舞台《ぶたい》などなど……音《おと》を楽《たの》しめれば、なんでもあり!!
最《もっと》も優《すぐ》れた表現《アピール》をすれば優勝《ゆうしょう》!
……の、組別対抗《クラスべつたいこう》、音合戦《おとがっせん》である!

「よし! 一度《いちど》、確認《かくにん》しよう!」
と、リードがみんなを集《あつ》めた。
現在《げんざい》の、問題児《アブノーマル》クラスメンバーの位階《ランク》は——!!

位階《ランク》【4《ダレス》】——入間《いるま》、アスモデウス、リード。
位階《ランク》【3《ギメル》】——クララ、ジャズ、カムイ、ガープ、サブノック・サブロ、アロケル・シュナイダー、アガレス・ピケロ、クロケル・ケロリ。

「リード、浮《う》いてんな……」

よし！
ピピー
一度《ど》確《かく》認《にん》しよう！
現在のランク!!
クララ・サブノック
アロケル・ジャズ・ガープ
アガレス・カムイ・ケロリ
3
4
イルマ
アスモデウス
リード

【4《ダレス》】の組《くみ》に入《はい》っているリードを見《み》て、ジャズがぼそりとつぶやく。

「そっ、そんなことないわぃ!!」

リードは精一杯抗議《せいいっぱいこうぎ》した。

「で……あとは……」

と、メガネをかけた女子悪魔《じょしあくま》、**ケロリ**が、**イクス・エリザベッタ**をふり返《かえ》る。

「姉《ねえ》さん」ことエリザベッタの位階《ランク》は、【2《ベト》】。

【4《ダレス》】になるためには、2ランク上《あ》げなければならない。

「ごめんなさいね……」

エリザベッタは、しおらしく言《い》う。

「とんでもないっす!!」

「姉《ねえ》さんは、もはや【4《ダレス》】みたいなもんです!!」

すぐさま、リードとカムイが飛《と》んできて、エリザベッタをなぐさめる。

「まぁ、つまり！　僕《ぼく》の立《た》てた策《さく》はこうだ!!」

リードはビシッと指《ゆび》を突《つ》きつけ、叫《さけ》んだ。

「**姉《ねえ》さんにバッチバチに目立《めだ》ってもらい……ついでに、全員《ぜんいん》【４《ダレス》】に上《あ》がろう作戦《さくせん》～～！**」

おぉ～！　と、盛《も》りあがる問題児《アブノーマル》クラス。

「2《ツー》ランクアップが必要《ひつよう》な姉《ねえ》さんを中心《ちゅうしん》に！　【3《ギメル》】のやつらも目立《めだ》てるような、12人《にん》でできる出《だ》し物《もの》ってことで！」

「うん！」

問題児《アブノーマル》クラスは、さっそく、そろって円陣《えんじん》を組《く》む。

……けれど、入間《いるま》は。

「……う～ん？」

なんとなく、すっきりしなくて、首《くび》をひねっていた。

そんな入間《いるま》に、アスモデウスが声《こえ》をかける。

「どうなさいました、イルマ様《さま》？」

「いや……な～んか、大事《だいじ》なことを忘《わす》れてるような……」

なにか、足《た》りない気《き》がする。

まるで、ピースがかけて、完成《かんせい》しないパズルみたいな――。

「オイ、アホども！」

騒々《そうぞう》しい教室《きょうしつ》に、カルエゴのどなり声《ごえ》が響《ひび》く。

「あっ、カルエゴ先生《せんせい》～。おはよ～」

最近《さいきん》は、カルエゴのお説教《せっきょう》にも慣《な》れたもので、リードは元気《げんき》にあいさつする。

「朝《あさ》っぱらからやかましい！　**粛《しゅく》にせんか‼**」

眉間《みけん》を押《お》さえながら、カルエゴはうっとうしそうに言《い》う。

「いやいや、作戦会議《さくせんかいぎ》ですよ！」と、カムイ。

「音楽祭《おんがくさい》の密談《みつだん》でござる！」と、ガープ。

リードは、カルエゴにむかって宣言《せんげん》する。

「とにかく！　【2《ベト》】の姐《ねえ》さんを中心《ちゅうしん》に出《だ》し物《もの》をします！」

すると、カルエゴは――。

「**ほう……？　では、もうひとりはどうするのだ？**」

「え？」

今《いま》、なんて……？

問題児《アブノーマル》クラス一同《いちどう》は、ピタリと固《かた》まる。

「もっ、もうひとり……？」

「いるだろう、もうひとり――【2《ベト》】が」

一同《いちどう》はざわめいた。
1、2、3……何度数《なんどかぞ》えても、12人《にん》だ。
「は!?　えっ、だれ!?　どこに!?」

「だれかランク下《さ》がったの!?」

みんな、まわりをキョロキョロ。

「だから――そこに」

と言《い》って、カルエゴが指《ゆび》さした先《さき》――。

ジャズとケロリの間《あいだ》に、ひとり、いつもはいない男子生徒《だんしせいと》が座《すわ》っている。

そこに

「え……」

薄紫色《うすむらさきいろ》の、きれいに切《き》りそろえられたオカッパの髪《かみ》。糸《いと》のように細《ほそ》い目《め》。

こんな子《こ》、いたっけ……？

男子生徒《だんしせいと》は、細《ほそ》い目《め》を動《うご》かして、ちらりとみんなを見《み》ると――煙《けむり》のように消《き》えた。

「わッ!?」

まるで白昼夢《はくちゅうむ》のように、さっきまで、たしかにそこに座《すわ》っていたはずの男子生徒《だんしせいと》は、いなくなってしまったのだ。

「消《き》えた!!」

「なんで!?　幻《まぼろし》!?」

完全《かんぜん》に姿《すがた》を消《け》す魔術《まじゅつ》なんて、どの授業《じゅぎょう》でも習《なら》っていないはず。

「落《お》ちつけ、貴様《きさま》ら」

いちいちリアクションの大《おお》きい問題児《アブノーマル》たちに、カルエゴがあきれる。

そのとき――入間《いるま》の中《なか》で、欠《か》けていた最後《さいご》のピースが、ぱちりとハマった。

「あっ……プルソン……くん！」

プルソン……**プルソン・ソイ**。

その名前《なまえ》が、入間《いるま》の頭《あたま》に浮《う》かんできたのだ。

「あ!?　ん～～!?　聞《き》いたことあるような!?　ないような……!?」

クラスメイトたちは、顔《かお》を見合《みあ》わせて首《くび》をかしげる。

「問題児《アブノーマル》クラスのひとりだろうが。よく思《おも》い出《だ》せ」

カルエゴに言《い》われ、みんなは記憶《きおく》をたどる。

クラス分《わ》けから、飛行試験《ひこうレース》……処刑玉砲《しょけいぎょくほう》、王の教室《ロイヤル・ワン》の開放《かいほう》や終末《しゅうまつ》テスト……。

思《おも》い返《かえ》してみれば、なんとなく、すべての授業《じゅぎょう》に、ぼやけたプルソンのイメージが浮《う》かびあがってくる。

「そういえば、いた!?　……ような」

問題児《アブノーマル》クラスは、元々《もともと》、13人《にん》なのだ。その最後《さいご》の生徒《せいと》こそが、たった今《いま》消《き》えてしまった、プルソン・ソイだ。

（……本当《ほんとう》は最初《さいしょ》からいたのかって？　気《き》になるキミは、『小説《しょうせつ》 魔入《まい》りました！入間《いるま》くん』1巻《かん》の205ページを見《み》てみよう！）

「とにかく！　【2《ベト》】なんだろ!?　じゃあ、姐《ねえ》さんといっしょに目立《めだ》ってもらわないと……！」

ジャズの言葉《ことば》に、みんなも、たしかに、とうなずく。

けれど――。

「それは……むずかしいだろうな。特《とく》に、目立《めだ》つのは」

カルエゴが言《い》った。

そして、入間《いるま》が頭《あたま》につけていた、認識阻害《にんしきそがい》メガネを手《て》に取《と》り、かかげて見《み》せた。

「問題児《アブノーマル》クラス、プルソン・ソイ――家系能力《かけいのうりょく》は、**〝認識阻害《にんしきそがい》〟**。やつは――**〝絶対《ぜったい》に目立《めだ》たない〟を信条《しんじょう》とする悪魔《あくま》だ**」

幻《まぼろし》の、13人目《にんめ》の生徒《せいと》、プルソン・ソイ。

〝絶対《ぜったい》に目立《めだ》たない〟悪魔《あくま》の、【4《ダレス》】昇級《しょうきゅう》――。

問題児《アブノーマル》クラス、早《はや》くも大《だい》ピンチ!!

第6話 ✦ プルソン・ソイ

問題児《アブノーマル》クラスに〝13人目《にんめ》の生徒《せいと》〟がいることが発覚《はっかく》してから、数日《すうじつ》――。

プルソンに音楽祭《おんがくさい》に出《で》てもらうべく、みんなはねばり強《づよ》く説得《せっとく》していた。

今日《きょう》はガープが、プルソンのインタビュアーだ。

「え～……、ご趣味《しゅみ》は……？」

プルソンは、机《つくえ》にほおづえをつき、横《よこ》をむいたまま、ピクリとも動《うご》かない。

全員《ぜんいん》、息《いき》をのんで返事《へんじ》を待《ま》つが……。

プルソンは微動《びどう》だにしないまま、スゥ～～……と消《き》えかける。

「**おおおお待《ま》って待《ま》って!!**」

「ストップ、ストップ！　今《いま》のなし！　消《き》えないでくれ!!」

「変《へん》なこと言《い》ってごめんねー!!」

全員《ぜんいん》、ぐずる赤《あか》ん坊《ぼう》をあやすかのごとく、全力《ぜんりょく》でフォローする。

え〜〜〜〜……
ご趣味《しゅみ》は…？

「あっぶね～……完全《かんぜん》に消《き》えたらアウトだぞ！」

ジャズは、プルソンに聞《き》こえないよう、リードに耳打《みみう》ち。

「前回消《ぜんかいき》えた時《とき》は、全然見《ぜんぜんみ》つからなかったもんね……」

この前《まえ》は、早々《そうそう》にプルソンが消《き》えてしまい、惨敗《ざんぱい》だった。

……とはいえ、みんなで位階《ランク》【4《ダレス》】に上《あ》がるためには、プルソンの出演《しゅつえん》は不可欠《ふかけつ》！

「とにかく！　音楽祭《おんがくさい》の出《だ》し物《もの》でセンターやってくれって、プレゼンしよう！」

ジャズの提案《ていあん》に、みんなは「お～！」と手《て》をあげる。

プレゼンターのトップバッターは、問題児《アブノーマル》クラスの珍獣《ちんじゅう》こと、クララ。

家《いえ》では小《ちい》さい弟妹《きょうだい》のお世話係《せわがかり》のクララだ。注目《ちゅうもく》を集《あつ》めるのはお手《て》の物《もの》！

「はい！　いっしょに音楽祭《おんがくさい》やろーう!!」

クララは、ポン、ポンッと、家系能力《かけいのうりょく》の〝**呼《ト》び出《ト》し**《ィイ》〟で楽器《がっき》を出現《しゅつげん》させる。

「音楽祭《おんがくさい》はね～、きっと、ドキドキで～、パオ～ンと派手《はで》で～、た～のしいよ！　みんないっしょだし、ダンスとか～、うたとか～！　んがちゃかいっぱいで～、うっきうきだよ～!!」

毎度《まいど》のごとく、独特《どくとく》のワードセンスだが、陽気《ようき》なパフォーマンスはアピール力満点《りょくまんてん》。

「どれにする!?　バチユーン!?　ボコボコ!?　それとも、キラキラダンス!?」

さて、プルソンの反応《はんのう》は……。

「………」

さっきから、1ミリも動《うご》いてない。

「……石《いし》?」

「動《うご》かなかった……」

「クッ、クララ!」

入間《いるま》があわてて声《こえ》をかけると、クララは、おびえながら入間《いるま》の背中《せなか》にかくれた。

「こわくないよ……」

入間《いるま》は、そっとクララをなだめる。

それにしても、これだけ騒《さわ》がしいクララを完全《かんぜん》スルーできるのは、ある意味《いみ》ツワモノかもしれない。

「フン!　音楽《おんがく》だけでは物足《ものた》りぬか……。ならば、ここはやはり、**魔王活劇**《まおうかつげき》であろう!」

続《つづ》いて名乗《なの》りをあげたのは、金獅子《きんじし》、サブノック。

「師団披露《バトラパーティ》でも好評《こうひょう》だったぞ!　魔王《まおう》の逸話《いつわ》を、歌《うた》つきで表現《ひょうげん》!　最高《さいこう》の刺激《しげき》だ!」

魔王師団所属《まおうバトラしょぞく》のサブノックは、魔王《まおう》にちなんだ演目《えんもく》を推《お》す。

アイデアは悪《わる》くないのだが、続《つづ》きがよくなかった。

「無論《むろん》！　魔王役《まおうやく》はこの己《うぬ》――――！」

「いや、魔王役《センター》はプルソンだろ」

「え？」と、サブノック。みんなも「え？」と首《くび》をかしげる。

「じゃあなし!!」

「コラッ!!」

どうしても、魔王役《まおうやく》をゆずる気《き》はないらしい。

「ふりだしだな！」と、胸《むね》を張《は》って、他人事《ひとごと》のように言《い》うサブノック。

らちがあかないやりとりに、しびれを切《き》らしたのはアスモデウスだ。

「まったく！　説得《せっとく》すらまともにできんとは……」

アスモデウスは、入間《いるま》にむかってにっこりほほえむ。

「見《み》ていてください！　イルマ様《さま》！　このアスモデウス・アリスが、音楽祭《おんがくさい》の重要性《じゅうようせい》を、イルマ様《さま》のすばらしさと合《あ》わせてじっくり説明《せつめい》……」

スゥ～……。

プルソンが、早《はや》くも消《き》えかかっている。

「どういう了見《りょうけん》だ、貴様《きさま》ぁ!! まだ一言《ひとこと》も語《かた》っとらんだろうが!!」

結局《けっきょく》、あばれるアスモデウスを、入間《いるま》とサブノックで取《と》りおさえる始末《しまつ》だ。

「アズアズのイルマくん語《がた》り、なっげぇからなあ……」

「俺《おれ》でも透《す》けるわー」

リードとジャズは、少《すこ》しプルソンに同情《どうじょう》した。

「……というかさ。やっぱ……音楽《おんがく》なら、バンドっしょ!?」

リードが、**ビシッ!** と提案《ていあん》する。

「姐《ねえ》さんとプルソンのツインボーカルで! 派手《はで》だし、カッコいいよ~! ねっ、いいよね、姐《ねえ》さん!」

エリザベッタは、「ん~、そうねぇ~」と、いつもの調子《ちょうし》でのんびり考《かんが》えて。

「お歌《うた》は好《す》きだし、プルソンくんと歌《うた》えたら、楽《たの》しいかもしれないわねぇ」

全悪魔《ぜんあくま》をとりこにする、女神《めがみ》のような笑《え》みを浮《う》かべた。

「………………」

プルソンは、あいかわらず無表情《むひょうじょう》だが……。

キュル……と、顔《かお》だけこちらを向《む》いた。

「ちょっとこっち向《む》いた!!」

さすが、女神《めがみ》エリザベッタ。ほほえみの威力《いりょく》はすさまじい。

それ今《いま》だと言《い》わんばかり、みんなで畳《たた》みかける。

「おお〜〜!!　ボーカルはモテるぞ、プルソン!!」

「我々《われわれ》もサポートしますし!!」

「やろう!　ねっ!　ねっ!!」

ジャズ、カムイ、リード……と、男子《だんし》たちは口々《くちぐち》にアピール。

「俺《おれ》たちには、プルソンの助《たす》けがいるんだよ……!」と、ジャズ。

「みんなで、【4《ダレス》】に上《あ》がるためにも!　お願《ねが》い!　いっしょに目立《めだ》ってくれ!!」

リードは手《て》を合《あ》わせて頭《あたま》をさげた。

「頼《たの》むよ……!」

必死《ひっし》で拝《おが》みたおすと——ほんの少《すこ》し、プルソンの首《くび》が縦《たて》に動《うご》いた……ように見《み》えた。

「プルソン……!!」

しかし――その瞬間《しゅんかん》、プルソンは煙《けむり》のように消《き》えてしまったのだ。

「**おーーーい!!!**」

思《おも》わず、総《そう》ツッコミ。

「完全《かんぜん》に消《き》えやがったよ!!」

「なんで!? 今《いま》、超《ちょう》いい流《なが》れだったじゃん!!」

今度《こんど》こそ、「ウン」と言《い》わせたと思《おも》ったのに……。

みんなは肩《かた》を落《お》とす。

「なんか俺《おれ》ら、もてあそばれてね?」

ジャズは疲《つか》れた顔《かお》で言《い》う。

「く〜〜っそ!! 見《み》つけ次第《しだい》、ふんじばってやろう!!」

と、リードとクララもプンプンしている。

「ウム。交渉《こうしょう》はむずかしそうだな……」

サブノックもけわしい顔《かお》。

そろそろ、出《だ》し物《もの》の内容《ないよう》も決《き》めなければいけないころだ。

「なにかしら、魔術《まじゅつ》とか……多少手荒《たしょうてあら》なマネもアリか……？」

とうとう、ジャズがそんなことをつぶやいた。

「さすがに、それは……っ」

入間《いるま》が言《い》いかけたとき……。

――タタタ……。

……なにかが、教室《きょうしつ》から出《で》ていく足音《あしおと》がした。

「プルソンだ!!　逃《に》げやがったな!!」

「追《お》え、追《お》えー――!!」

「イルマ様《さま》！　必《かなら》ずや、プルソンを捕《つか》まえてまいります!!」

みんながバタバタと教室《きょうしつ》を飛《と》びだしていくのを、入間《いるま》はあっけにとられて見送《みおく》った。

しーん……と、教室《きょうしつ》が静《しず》かになる。

「プルソンくん……いる？」

もしかしたら――そう思《おも》って、教室《きょうしつ》の中《なか》に声《こえ》をかけてみた。

すると、教室《きょうしつ》の柱《はしら》にもたれかかって体育座《たいいくずわ》りをしているプルソンが、姿《すがた》をあらわした。

「**わッ!!　ほっ、ほほ、本当《ほんとう》にいた……!!**」

声《こえ》をかけた入間《いるま》のほうが、おどろいてしまう。

けれど、またすぐに、プルソンは煙《けむり》になろうとする。

「わ――――ッ!! ちょっと待《ま》っ、消《き》えな……っ!」

引《ひ》きとめようとして、入間《いるま》は手《て》を止《と》めた。

「……いや……、聞《き》きたくないなら、いいや。ただ、僕《ぼく》が勝手《かって》にしゃべるだけ……ってことで」

そして、消《き》えたプルソンのとなりに腰《こし》かける。

「まずは、気《き》づかなくてごめんね。同《おな》じクラスだったのに、しゃべれてなかったよね……」

2学期《がっき》になるまで、ずっと、プルソンのことを知《し》らんぷりしていたことになる。

最初《さいしょ》に所属《しょぞく》クラスが発表《はっぴょう》されたとき、名前《なまえ》を見《み》たはずなのに、みんなして、すっかり忘《わす》れてしまっていたのだ。

「さっきは、僕《ぼく》もみんなも、話《はな》し方《かた》がよくわからなくて……だから、わーって、音楽祭《おんがくさい》のこととか、いっぱいお願《ねが》いしちゃったんだけどっ!」

入間《いるま》は、見《み》えないプルソンにむかって、精一杯《せいいっぱい》、身《み》ぶり手《て》ぶりをまじえて伝《つた》える。

「僕《ぼく》は……っ、僕《ぼく》はね。プルソンくんがイヤだって言《い》うならっ……前《まえ》に出《で》なくてもいいと思《おも》う」

もちろん、いっしょに【4《ダレス》】に上《あ》がれたら、すごくうれしいけど……。

それでも、無理強《むりじ》いはしたくない。

『お願《ねが》い』とか、『頼《たの》む』とか、断《ことわ》るのは大変《たいへん》……だけど。自分《じぶん》の欲《よく》を、まっすぐつき通《とお》すって、すごく大事《だいじ》なことだと思《おも》う、から……」

入間《いるま》も、魔界《まかい》に来《く》る前《まえ》は、「お願《ねが》い」を断《ことわ》るのがなによりも苦手《にがて》だった。

自分《じぶん》さえ「いいよ」って言《い》えば、うまくいく……そういうとき、断《ことわ》るのは、すごく勇気《ゆうき》がいるから。

「嫌《いや》なら、嫌《いや》って言《い》ってもいい。ちょっとくらいなら、わがままも言《い》っていい。……僕《ぼく》も、最近覚《さいきんおぼ》えたんだけどね」

入間《いるま》は、へへ、と笑《わら》う。

「だからっ、僕《ぼく》が聞《き》きたいのはっ……プルソンくんがどうしたいかで……」

すると――入間《いるま》が呼《よ》びかけたほうとは逆側《ぎゃくがわ》に、プルソンがあらわれた。

プルソンが、ゆっくりと口《くち》をひらく。

「……僕《ぼく》は……」

次《つぎ》の言葉《ことば》を、入間《いるま》は緊張《きんちょう》して待《ま》った。

そして――。

「正直《しょうじき》、なにしたいかって言《い》われても、まだすごいパニくってるから時間《じかん》ほしいんだよね。いっしょに音楽祭《おんがくさい》って言《い》われても急《きゅう》すぎて、ちょっとちょっとって感《かん》じだし。いや、出《で》なきゃなぁとは思《おも》ってるんだけどね。今《いま》さら？　あの輪《わ》に入《はい》って？　真ん中立《センター》つとか想像《そうぞう》したらま〜〜ムリムリムリ。だからちゃんと説明《せつめい》して断《ことわ》りなさいよって自分《じぶん》でも思《おも》ってるんだけど。心《こころ》の準備《じゅんび》ってものがあるじゃん。緊張《きんちょう》しちゃって、出《で》たり消《き》えたりしたらもてあそんだみたいになっちゃうし。家系《かけい》の教《おし》え的《てき》にもNG《エヌジー》ふんでるし、むずかしい話題《わだい》だしこればっかりは。感情《かんじょう》が会議《かいぎ》してる最中《さいちゅう》だからごめんねほんと」

無表情《むひょうじょう》のプルソンから、とめどなく言葉《ことば》があふれだす。


え………プルソンくん？

第7話　ピクシーの音《ね》

堰《せき》を切《き》ったように、プルソンの口《くち》から高速《こうそく》で言葉《ことば》があふれだす。

「音楽祭《おんがくさい》に出《で》ろって言《い》われてもね？　僕《ぼく》、目立《めだ》っちゃいけない家系《かけい》なワケでさ。正直《しょうじき》キビしいんだよね。たくさんプレゼンしてくれたけどさ。圧《あつ》がすごくて逆《ぎゃく》に静観《せいかん》しちゃったよね。なんていうか、今《いま》になって君《きみ》たちのさ、問題児《アブノーマル》のさ、輪《わ》に入《はい》るとかハードルたっけぇなって思《おも》うのよ。話《はな》したこともないわけじゃん。音楽《おんがく》はいいよ？　でもそれとこれとは別《べつ》でさ。モグラってさ、いきなり地表《ちひょう》に出《で》ると心《こころ》がびっくりして死《し》ぬらしいんだわ。だからもう少《すこ》しゆっくり接《せっ》してほしいというか、しゃぼん玉《だま》にさわるみたいにあつかってほしいっていうか。陰《いん》と陽《よう》の悪魔《あくま》がいるでしょ？　僕《ぼく》は陰《いん》で、キミらは陽《よう》なの。陽《よう》が近《ちか》づきすぎるとまぶしってなって動《うご》けなくなるのよね。頭《あたま》の中《なか》では『ムリです！　ムリです！』って素振《そぶ》りは完璧《かんぺき》なんだけど、いざしゃべろう！　って思《おも》うと、出《で》たり消《き》えたりになっちゃうの、自分《じぶん》でもおどろきなんだけどね」

ひと息《いき》で言《い》い切《き》ると、プルソンは「フゥ……」とため息《いき》をついて。

「……じゃっ」

消《き》えた。

「**いやいやいや!!**」

さすがの入間《いるま》も、これにはツッコんでしまう。

「だぁ～！　も――――ッ！　プルソンどこにもいねーよ!!」

そこに、タイミングよく、プルソン捜索隊《そうさくたい》が帰《かえ》ってきた。

「みんな……おかえり！」

「たでーまー」

ずいぶん捜《さが》しまわったらしく、リードは、疲《つか》れきったようすだ。

「申《もう》し訳《わけ》ありません！　プルソンを発見《はっけん》できず……」

アスモデウスの言葉《ことば》に、入間《いるま》は言《い》う。

「いや……実《じつ》はさっきまで話《はな》してて……」

「ええ!?　プルソンと会話《かいわ》できたの!?」

「うん……あの……」

入間《いるま》は、一呼吸《ひとこきゅう》おいて。

「**すごく、おしゃべりだったよ**」

「うそでしょ!?」

……うん。その反応《はんのう》になるよね……。

「幻覚《げんかく》でも見《み》たんじゃ……」

半信半疑《はんしんはんぎ》のリードに、アスモデウスが炎《ほのお》をちらつかせる。

「**イルマ様《さま》の言葉《ことば》にケチをつけるのか……**」

「すんませ……」

リードは即座《そくざ》にあやまった。

「なんて言《い》ってた？」と、ジャズ。

「えーと……やっぱり、目立《めだ》つのはムリだって……」

「あらぁ。きっぱりねぇ……」

それを聞《き》いて、エリザベッタも悲《かな》しそうな顔《かお》をする。

結局《けっきょく》、成果《せいか》は得《え》られず……問題児《アブノーマル》クラスは行《い》きづまった。

「なんにせよ、消《き》えられちゃあ、打《う》つ手《て》がないよな～……」

「音楽祭《おんがくさい》で目立《めだ》たせるなんて、ムチャぶりでござるなぁ」

ジャズとガープも、うーんとうなる。

「あぁ……みんなで〝王の教室《ロイヤル・ワン》〟にお別《わか》れを言《い》うしかないのか……」

涙《なみだ》を流《なが》しながら別《わか》れの準備《じゅんび》をはじめたリードたちを、アスモデウスが「コラ」とたしなめた。

（でも――）

入間《いるま》は、長《なが》い長《なが》いプルソンの言葉《ことば》のひとつがひっかかっていた。


――音楽《おんがく》はいいよ？　でもそれとこれとは別《べつ》でさ。


（プルソンくん……音楽祭《おんがくさい》には、興味《きょうみ》ありそうだったけどな……）

もしかしたら、まだ、チャンスはあるのかもしれない。

「ど～しよ～」

「もう一回《かい》捜《さが》すか～」

――と、クラスメイトが話《はな》しこんでいるすきに。

プルソンはこっそり教室《きょうしつ》をぬけだした。

もちろん、音《おと》を立《た》てずに教室《きょうしつ》を出《で》るなんて、造作《ぞうさ》もないことだ。

プルソンは、人通《ひとどお》りの多《おお》い放課後《ほうかご》の廊下《ろうか》を歩《ある》く。ど真《ま》ん中《なか》を歩《ある》いていたって、だれも、そこにプルソンがいるなんて気《き》づかない。

……そうやって、これまでも、これからも。

だれとも話《はな》さず、気《き》づかれず、卒業《そつぎょう》まですごすつもりだったのに――。

（**めっちゃ会話《かいわ》しちゃった……**）

プルソンは、ドキドキしていた。

……実際《じっさい》は、プルソンが一方的《いっぽうてき》に話《はな》しただけで、会話《かいわ》はしていないのだが。

（家族《かぞく》以外《いがい》と話《はな》すのなんて久《ひさ》しぶりすぎて、つい……。だめだ、ちゃんとおさえこまないと……）

気《き》をぬいたら、また言葉《ことば》があふれてしまいそうだ。

楽《たの》しそうにおしゃべりしている、ふたりの生徒《せいと》の間《あいだ》を、プルソンはするりと通《とお》りぬける。

目立《めだ》たず。騒《さわ》がず。悟《さと》られず。
それが——〝プルソン〟なのだから。

プルソンの家《いえ》には、広《ひろ》い道場《どうじょう》のような部屋《へや》がある。

長押《なげし》にかかげられた家訓《かくん》は、「**一消懸命**《いっしょうけんめい》」。

ある日《ひ》——話《はなし》があるからと、父《ちち》に道場《どうじょう》に呼《よ》ばれた。

片《かた》ひざを立《た》てて座《すわ》るプルソンに、父《ちち》はこう言《い》った。

「我《わ》が家系《かけい》はプルソン——決《けっ》して目立《めだ》ってはならぬ悪魔《あくま》。家系能力《かけいのうりょく》は〝**認識阻害**《にんしきそがい》〟。……我《われ》らは常《つね》に〝**目立《めだ》たず・騒《さわ》がず・悟《さと》られず**〟。由緒正《ゆいしょただ》しき孤狼《ころう》の一族《いちぞく》ぞ。その誇《ほこ》りを忘《わす》れず行動《こうどう》せねばならぬ」

これは父《ちち》の、お決《き》まりの文句《もんく》だ。

プルソンは、父《ちち》にたずねる。

「……父上《ちちうえ》、どこにいるのですか？」

一応《いちおう》、目《め》の前《まえ》に座布団《ざぶとん》は敷《し》かれているものの、父《ちち》の姿《すがた》は見《み》えない。

「気《き》にするでない。プルソンたる者《もの》、**〝常《つね》に目立《めだ》たず、見《み》つからず〟**よ」

まあ、今《いま》さら、おどろくこともない。

プルソン家《け》では、いつもだれかが消《き》えている。

父《ちち》は続《つづ》ける。

「表《おもて》では、認識阻害《にんしきそがい》の魔具開発《まぐかいはつ》に尽力《じんりょく》し、裏《うら》では隠密《おんみつ》の任《にん》をこなすことで、魔界《まかい》に貢献《こうけん》する……。干渉《かんしょう》を許《ゆる》されない、**〝中立《ちゅうりつ》の蝙蝠《コウモリ》〟**。我々《われわれ》の能力《のうりょく》は、危険《きけん》なのだ。あつかいをまちがえれば、魔界《まかい》の均衡《きんこう》をくずしかねん」

床《とこ》の間《ま》に飾《かざ》られた掛《か》け軸《じく》。そこに描《えが》かれた蝙蝠《コウモリ》は、不敵《ふてき》な笑《え》みを浮《う》かべている。

「現《げん》に、おまえの兄《あに》は、その能力《のうりょく》の高《たか》さゆえ、だれにも見《み》つけられず、どこぞへ消《き》えてしまった……。兄《あに》のぶんまで、おまえが我《わ》が家系《かけい》を支《ささ》えるのだ、ソイ」

見《み》えない父《ちち》は、念《ねん》を押《お》すようにそう言《い》った。

自分《じぶん》の部屋《へや》にもどると、プルソンは、ごろんと敷布団《しきぶとん》に寝転《ねころ》んだ。

父《ちち》の言葉《ことば》に、心《こころ》の中《なか》で返事《へんじ》をする。

うるっせぇ〜〜〜〜〜。

これが、プルソンの本音《ほんね》だ。

「あの話何回《はなしなんかい》すんの。もう覚《おぼ》えたわ。兄《にい》さんとか顔《かお》も見《み》たことないし。超重《ちょうおも》いんですけど、プレッシャーが……。もっとやさしくプレスしてほしい。……布団最高《ふとんさいこう》。もう布団《ふとん》と結婚《けっこん》したい。いや、かわいい彼女《かのじょ》がほしい。羽《はね》とか金色《きんいろ》にしたろかな」

布団《ふとん》の上《うえ》でだらけながら愚痴《ぐち》っていると、声《こえ》がした。

「それを父様《とうさま》に言《い》ってはダメよ、ソイ」

いつの間《ま》にか、布団《ふとん》の横《よこ》に母《はは》が座《すわ》っている。

「母様《かあさま》。いたんですか」

「いたわ」

いるならいるって言《い》ってよ。

……などという甘《あま》い考《かんが》えは、プルソン家《け》では通用《つうよう》しないのだ。

おさげにした長《なが》い髪《かみ》以外《いがい》、プルソンそっくりの母《はは》は、同《おな》じように表情《ひょうじょう》をくずさず言《い》う。

「おまえには苦労《くろう》をかけてしまうわね。おしゃべりをおさえるのはつらいでしょう……。でも、父様《とうさま》もおまえのためを思《おも》っているのよ」

「………」

これも、聞《き》きあきた。

ワガママなんて——言《い》ったってムダだ。

「わかってます。大丈夫《だいじょうぶ》ですよ——別《べつ》に」

プルソンも、いつもと同《おな》じ言葉《ことば》を返《かえ》す。

そんなプルソンだが、昔《むかし》、母《はは》にもらったあるものを、今《いま》も大切《たいせつ》にしている。

——いいわね、ソイ。

言葉《ことば》があふれて、どうしてもおしゃべりがしたく

なったなら……その時《とき》にはこれに、すべてをぶつけなさい。

プルソンが、それをひらくのは、決《き》まって放課《ほうか》後《ご》の学校《がっこう》の屋上《おくじょう》だ。
夕暮《ゆうぐ》れ、時刻《じこく》は午後《ごご》5時《じ》。
教《おし》えられた呪文《じゅもん》を唱《とな》えれば、手《て》の中《なか》に、それがあらわれる。
肩幅《かたはば》よりも少《すこ》し大《おお》きい、黒《くろ》いケース。
ケースの中身《なかみ》は――**トランペット**だ。
ドラゴンを象《かたど》った指《ゆび》かけに、小指《こゆび》を置《お》いて、かまえる。
夕陽《ゆうひ》が、トランペットのベルのふちをなぞるように反射《はんしゃ》した。
マウスピースのひんやりとした感触《かんしょく》。引《ひ》き結《むす》ん

だ唇《くちびる》で、息《いき》は薄《うす》く。
最初《さいしょ》の音《おと》は――強《つよ》く。

パ――――――――!

プルソンのトランペットの音《ね》が、空気《くうき》を伝《つた》い、校舎《こうしゃ》をふるわせる。
冬《ふゆ》の乾《かわ》いた空気《くうき》は、いつもより音《おと》をきれいに伝《つた》えてくれる。

パパパパパパ―――ッ。
パパパラパパパラパパ―――ッ。

その音色《ねいろ》に、みなが顔《かお》をあげた。
「この音《おと》……!」
「〝ピクシー〟だ!」
廊下《ろうか》を歩《ある》いていた生徒《せいと》たちは思《おも》わず足《あし》を止《と》め。

――パッパラパパパ　パパラパパパーーッ。

「お～、今日《きょう》もいい音《おと》だね～。ピクシーのトランペット！」

「5時《じ》か……よし、練習上《れんしゅうあ》がりだな！」

運動系師団《うんどうけいバトラ》の生徒《せいと》たちは、それを片《かた》づけの合図《あいず》にして。

――パパラパパラパパパラパパラパーーッ。

「音《おと》はやっ！」

「だれが吹《ふ》いてるのかな～!?」

「それがわかんないから、〝妖精《ピクシー》〟なんだろ！」

いったい、だれが呼《よ》びはじめたのか。

午後《ごご》5時《じ》にトランペットを吹《ふ》いている〝だれか〟は、〝妖精《ピクシー》〟と名《な》づけられた。

「楽《たの》しくてワクワクする、いい音色《ねいろ》だよね……！」

――パパパララ。パパパララ。パパラパパパラパラ――ッ。


聴《き》けば、だれもが思《おも》わずリズムをきざみたくなる。

あのカルエゴでさえ、職員室《しょくいんしつ》の机《つくえ》を指《ゆび》で叩《たた》いてしまうほど。

校内《こうない》を歩《ある》きまわっていたプルソン捜索隊《そうさくたい》も、ピクシーの音《ね》に足《あし》を止《と》めた。

「何者《なにもの》なんだろうな、ピクシーって」

ジャズが言《い》うと、エリザベッタも「ステキよねぇ」とうっとりする。

リードは、思《おも》わずぼやいた。

「あ～。もういっそ、ピクシーがいっしょに音楽祭出《おんがくさいで》てくれりゃあ……絶対《ぜったい》、優勝《ゆうしょう》できるのになー」

午後《ごご》5時《じ》、校舎《こうしゃ》に響《ひび》く、〝妖精《ピクシー》〟の音《ね》――。

その正体《しょうたい》を、まだだれも知《し》らない。

第8話　ワガママ

「今日《きょう》はまた、一段《いちだん》と熱演《ねつえん》だね～、ピクシーくん」

職員室《しょくいんしつ》で、お茶《ちゃ》のおかわりをそそぎながら、バラムが言《い》った。

「フッ。ストレスでもたまってるのかもな」

カルエゴが、いじわるそうな笑《え》みを浮《う》かべた。

「うわぁ、ニヤニヤして～」

バラムは、熱々《あつあつ》のお茶《ちゃ》が入《はい》った湯《ゆ》のみを、カルエゴに手渡《てわた》す。

「教《おし》えてあげないの？　プルソンくんがピクシーだって」

カルエゴとバラムは、ピクシーの正体《しょうたい》に気《き》がついていた。

すると、カルエゴは「……フンッ」と鼻《はな》を鳴《な》らす。

「才能《さいのう》や素質《そしつ》に目《め》を向《む》けず、自分《じぶん》たちの思《おも》い通《どお》りに動《うご》かそうとしてもうまくはいくまい。

……それに気《き》づけるかどうかは、あいつら次第《しだい》だ」

そして、こうつけ足《た》す。
「まあ……俺《おれ》の知《し》ったことではないな」
夕暮《ゆうぐ》れの屋上《おくじょう》。
プルソンはためこんでいた言葉《ことば》を吐《は》きだすように、トランペットのピストンを打《う》つ。
パ――――パラルパラルパラララーッ。パラパパパーパパパ。
高速《こうそく》のタンギング。
吐《は》いても、吐《は》いても、空《から》っぽにならない。
今日《きょう》は――叫《さけ》びたいことが多《おお》すぎる。
一日《いちにち》の出来事《できごと》をひとつひとつ思《おも》い返《かえ》す。
「**パ――――パラルパララララ――ッ**」
まず、陰湿教師《カルエゴ》。
バラすなよ。

「パパーッ。パラララ――ッ」

びっくりしたわ。やめてよね、音楽祭出《おんがくさいで》ないと空気悪《くうきわる》くなるじゃん。

出《で》られるわけないのにさ。

「パーッ。パラララパラララパラララパーッ」

というか。

みんなも急《きゅう》にグイグイきすぎだと思《おも》う。

こわいよ。

「パ――ッ。パパパッパパパッ。パールラララルラララルララ」

イルマくん……僕《ぼく》への気遣《きづか》いはうれしかった、けど。

ぶっちゃけ、音楽祭《おんがくさい》とかたぶん、超活躍《ちょうかつやく》できるけど。

「パパル。パパル。パパパルパ―――ッ」

プルソン家《け》は目立《めだ》ってはならぬ。

これは絶対《ぜったい》の掟《おきて》！

ムリなものはムリ!!

クライマックスは、一息《ひといき》の早吹《はやふ》きだ。

叫《さけ》びだしたい心《こころ》を、全部《ぜんぶ》、この音《おと》に乗《の》せる。

「パッパラパッパパパプパパプパパ――――ッ」

最後《さいご》の一音《いちおん》が冬空《ふゆぞら》に溶《と》け、プルソンは息《いき》をつく。


僕《ぼく》の音楽《トランペット》の才能は、だれにも明《あ》かさない。

だって。

僕《ぼく》は、なにごとにも干渉《かんしょう》しない、たゆたう蝙蝠《コウモリ》なのだから――。


そのとき、屋上《おくじょう》の入口《いりぐち》のあたりから視線《しせん》を感《かん》じた。

急《いそ》いでふり返《かえ》ると、そこに立《た》っていたのは――。

「――**!?**」

入間《いるま》だ。

目《め》をキラキラさせて、こちらを見《み》ている。

……あ。近《ちか》づいてくる。
えっなんで。
ちょっと待《ま》って。
消《き》っ――消《き》えないと、消《き》え……。

「かぁあ～～～～っっっこいいぃ～～～～～!!」

突然《とつぜん》のことに、固《かた》まってしまったプルソンにむかって、入間《いるま》は大声《おおごえ》で叫《さけ》んだ。
「え……」

輝《かがや》く瞳《ひとみ》を、こぼれ落《お》ちるんじゃないかってくらい見開《みひら》いて。

興奮《こうふん》した様子《ようす》で、入間《いるま》は言《い》った。

「すごいねプルソンくん!! パパパパパーってすごい、音《おと》がっ、指《ゆび》が１００本《ぽん》くらいあるみたいだった!! キラキラでピカピカで光《ひか》っててまぶしくて!!」

どうしよう。なにか、言《い》わなきゃ。

プルソンは必死《ひっし》になって、口《くち》をひらいた。

「……っ、ち、ちがうんだ」

そして、一気《いっき》にまくしたてた。

「これはただのストレス発散方法《はっさんほうほう》であって、というかなんでいるの、音楽祭《おんがくさい》のためでは断《だん》じてなくてそもそも音楽《おんがく》が大好《だいす》きってわけでもなくて、まぁ、人前《ひとまえ》で演奏《えんそう》したこともないような代物《しろもの》で。とにかくだまっててほしい。いいから忘《わす》れてほしい。もう止《や》めようかこの話題《わだい》。とにかくちがう！　ちがうから!!」

ここまでひと息《いき》。

トランペットの演奏《えんそう》と同《おな》じくらい、早口《はやくち》で。

「そうだ……これは夢《ゆめ》……よし、いったん帰《かえ》って目《め》を覚《さ》まそう！」

なに言《い》ってんだろ、僕《ぼく》。

自分《じぶん》で言《い》ってて、言《い》い訳《わけ》が苦《くる》しい。

プルソンは、いたたまれない気持《きも》ちだった。

みんなにバレたら、両親《りょうしん》の言《い》いつけも破《やぶ》ってしまう。平穏《へいおん》な学生生活《がくせいせいかつ》も、これで終《お》わりだ。

「じゃあ、そういうわけだから。さよな――」

いつものように消《き》えようとして――。

ギュッと、入間《いるま》に制服《せいふく》を引《ひ》っぱられた。

勢《いきお》いあまって、プルソンは、地面《じめん》に尻《しり》もちをついた。

「ちょ……」

「ごめん」

プルソンの制服《せいふく》をつかんだまま、入間《いるま》は頭《あたま》をさげている。

「は……？」

「ごめん。でも聞《き》いて」

消《き》えようにも、服《ふく》をつかまれていたら逃《に》げられない。

しぼりだすような入間《いるま》の言葉《ことば》の続《つづ》きを、プルソンは待《ま》った。

「僕《ぼく》……プルソンくんに、あやまらなきゃ……っ」

「……？」

顔《かお》をふせているから入間《いるま》の表情《ひょうじょう》は見《み》えないが、声《こえ》がふるえていた。

「ぼっ、僕《ぼく》はっ……プルソンくんがなにをしたいのかわからなくて……。目《め》立《だ》てない家系《かけい》だって言《い》ってたし、みんながお願《ねが》いしてるときも、困《こま》ってるんだろうなって。……だから、出《で》たくないなら、ムリしなくてもって思《おも》ったんだ。だけど——」

ガバッと顔《かお》をあげて、入間《いるま》は叫《さけ》んだ。

「さっきの、プルソンくんのトランペットを見《み》て……、**僕《ぼく》、すっっっごく感動《かんどう》したんだ!!**」

困《こま》ったように眉《まゆ》をよせて、時折《ときおり》、言葉《ことば》をつまらせながら。

「だから、ついさっき、前《まえ》に出《で》なくていいって言《い》ったばかりだけどっ。ほんとっ、ムシのいい話《はなし》だけどっ。君《きみ》の事情《じじょう》とか、そういうの全部《ぜんぶ》押《お》しのけて……っ」

夕陽《ゆうひ》に照《て》らされた入間《いるま》の瞳《ひとみ》が、まっすぐ、プルソンを見《み》ていた。

「僕《ぼく》のワガママだけど！　ただ、君《キミ》の音《おと》をっ、みんなに聞《き》いてほしいっ

て思《おも》っちゃった!!」

え…………。

「もっとちゃんと、みんなに届《とど》けよう!! 僕《ぼく》は、みんなにほめられてるキミが見《み》たい!! だから、いっしょに出《で》よう!! 音楽祭《おんがくさい》!!」

「……っ」

そんなの……困《こま》るよ。

そんな顔《かお》で、僕《ぼく》を見《み》ないでよ。

……なんで。君《きみ》が、そんなに必死《ひっし》になるんだ。

「俺《おれ》たちのために」とか。

「出《で》られたらでいい」とか。

そういう誘《さそ》いなら、簡単《かんたん》に逃《に》げられたのに。

なんで。

今回《こんかい》は――言葉《ことば》が出《で》てこないんだ。

言《い》わなきゃいけない言葉《ことば》は決《き》まっているのに。
それを押《お》しのけて、ふたをしていた〝気持《きも》ち〟が、あふれ出《で》そうだ。

――僕《ぼく》は、みんなにほめられてるキミが見《み》たい!!

彼《かれ》の言葉《ことば》に――〝もしも〟を願《ねが》いそうになる。
満員《まんいん》の舞台《ステージ》。まぶしいスポットライトの下《した》。僕《ぼく》が、センターに立《た》って。
そんなの……ムリなんだって。
目立《めだ》っちゃ、いけないいんだって。
ちゃんと、言《い》わなきゃ――。
「音《おと》だけで……いい……なら」

「え？」

おどろいた顔《かお》の入間《いるま》。

「え？」

それ以上《いじょう》に、自分《じぶん》の口《くち》から出《で》た言葉《ことば》が、信《しん》じられなかった。

「やった――――!!」

バンザイして喜《よろこ》ぶ入間《いるま》に、プルソンはじわじわと、事《こと》の重大《じゅうだい》さがわかってきた。

……あれ？

なに言《い》ってるんだ、僕《ぼく》は。

目立《めだ》っちゃいけないのに。

ダメなのに！　なんでっ……！

「わ――い！　やった――！」

彼《かれ》の勢《いきお》いに押《お》されて、つい……。

いやいや、ダメだよ目立《めだ》っちゃ。

「うれしい～～～！」

ちょっ……うるさいな。

えーと、だから、つまり――。


えっ……。

出《で》るのか？

僕《ぼく》が？

音楽祭《おんがくさい》に――？


ワガママな、人間《かれ》のせいで!?

第9話　13人《にん》の挑戦《ちょうせん》

――その夜《よる》。入間《いるま》の呼《よ》びかけで、問題児《アブノーマル》クラスは学校《がっこう》に集《あつ》まっていた。

校門《こうもん》が閉《し》まったあと、ないしょで校内《こうない》にしのびこんだのだ。

「めずらしいね～。イルマくんがこんな企画《きかく》立《た》てんの」

「夜《よる》の学校《がっこう》！　ワクワクするでござるなぁ！」

ジャズとガープの話《はな》し声《ごえ》が、夜《よる》の校舎《こうしゃ》に反響《はんきょう》する。

集合場所《しゅうごうばしょ》は、桜《さくら》がよく見《み》える、とある塔《とう》の小《ちい》さな屋上《おくじょう》だ。

「お～。お花見会場《はなみかいじょう》！　ここでなにすんの？」

「フフフ。見《み》てて」

ジャズの問《と》いに、入間《いるま》はニヤリと笑《わら》う。

次《つぎ》の瞬間《しゅんかん》――。

パ――ッ。パパパ――ッ。

夜《よる》の校舎《こうしゃ》に、トランペットの音《ね》が響《ひび》きわたった。

「こっ……この音《おと》っ！」

カムイが顔《かお》をあげる。

「妖精《ピクシー》!?」

「えっ、こんな時間《じかん》に!?　……てか、いんの!?　このへんに!?」

エリザベッタとリードも、あたりをキョロキョロ。

「アズくん！　明《あ》かりつけてもらっていい!?」

入間《いるま》は、小声《こごえ》で合図《あいず》する。

「はっ、おまかせを！」

花見会場《はなみかいじょう》の提灯《ちょうちん》に、アスモデウスが炎《ほのお》で明《あ》かりを灯《とも》す。

ほのかな光《ひかり》に照《て》らされた、中心《ちゅうしん》には――。

「**プルソン……？**」

トランペットをかまえたプルソンが立《た》っている。

アズくん!明《あ》かりつけてもらっていい!?
ボッ
はっ お任《まか》せを!!
ボ
ボ
パ
!?

「え、じゃあピクシーって……」

みんなは、顔《かお》を見合《みあ》わせて――。


「「ええええええええええええ!?」」


タネ明《あ》かしの直後《ちょくご》は、みんな大騒《おおさわ》ぎだった。

ようやく落《お》ちついて、お花見会場《はなみかいじょう》に敷《し》かれたじゅうたんの上《うえ》に、みんなが座《すわ》ったころ、入間《いるま》が口《くち》を開《ひら》く。

「え～……というわけで。こちら……プルソンくんです」

入間《いるま》・クララ・アスモデウスにガードされるように、3人《にん》の後《うし》ろにプルソンが座《すわ》っている。

「……すっごい後《うし》ろにいるけど……」

「それは、みんなが一斉《いっせい》にかまい倒《たお》したからです。こわがっています」

「すみません……」

プルソンが〝妖精《ピクシー》〟だと知《し》ったみんなは、一斉《いっせい》にさわったり、つついたりしたのだ。好奇《こうき》の目《め》にさらされたプルソンは、すっかりおびえてしまった。

「もうさわったりしないわよ～」

エリザベッタが言《い》うと、プルソンは、ごにょごにょと入間《いるま》に耳打《みみう》ち。

「いや別《べつ》にいいんだけどね、みんなだっていきなり妖精本人《ピクシーほんにん》ですとか言《い》って僕《ぼく》が出《で》てきたらとまどうのもわかるよ。なんか突然《とつぜん》ラスボスの正体《しょうたい》わかって、え？　こいつなの？　みたいな気持《きも》ちになるよね。ほんと申《もう》し訳《わけ》ないけど僕《ぼく》だって期待《きたい》されてたぶんどんな顔《かお》してたらいいかわからないんだよね」

「……わかった！」

通訳《つうやく》の入間《いるま》はうなずいて、みんなに向《む》きなおると。

「……『緊張《きんちょう》する』って」

「いや、おかしいでしょ！尺《しゃく》、全然《ぜんぜん》あってないよ‼」

ガッツリ3行《ぎょう》ぶんくらいしゃべってたよね⁉　と、総《そう》ツッコミ。

「ちゃんと聞《き》くでござるよ！」

ガープが言《い》うと、リードは「いや……」と手《て》をあげた。

「緊張《きんちょう》するなら……まかせて！　僕《ぼく》が話《はなし》を聞《き》くよ。1対《たい》1で！　言《い》いたいことあったら、なんでも言《い》っていいから！」

頼《たよ》れるクラスメイトふうに名乗《なの》りをあげたリード。

すると……プルソンが「……じゃあ」と口《くち》を開《ひら》いた。

「シャックス・リードくん、キミはとにかく距離《きょり》が近《ちか》いすごく近《ちか》い。放課後《ほうかご》に魔《マ》ーメンとか作《つく》って食《た》べるのはいいけど、ちゃんと掃除《そうじ》しなよ。床《ゆか》にこぼしてるよね。いかがわしい本《ほん》は学校《がっこう》持《も》ってこないほうがいいよ。洋服《ようふく》は脱《ぬ》ぎっぱなしだし、ガープくんがいつもたたむのに味《あじ》しめてるでしょ」

〝なんでも〟とは言《い》ったけど、本当《ほんとう》になんでも言《い》うじゃん……。

元気《げんき》に前《まえ》に出《で》たリードは、みるみるうちにしぼんでいった。

「あと、授業中《じゅぎょうちゅう》に姐《ねえ》さんのほう見《み》すぎ……」

「**あ―――ッ!!**」

シャックス・リードに666のダメージ。致命傷《クリティカルヒット》だ。

「次《つぎ》に、アロケルくん」

キュルッと首《くび》をひねり、今度《こんど》はアロケルを名指《なざ》し。

「キミ、この前《まえ》、別《べつ》の学校《がっこう》の娘《こ》とサバト行《い》ったでしょ」

「**なに————ッ!?**」

これには、男子《だんし》たちも聞《き》き捨《ず》てならない。

「フルカス先生《せんせい》の娘《むすめ》さんの誘《さそ》いで、ひとりで」

アロケルはなにも言《い》わず、スッ……と顔《かお》をそむけた。

「そういうのに興味《きょうみ》ないと思《おも》ってたのに!!」と、リード。

「こっち向《む》け!!　コラ!!」

なにも聞《き》かされていなかったジャズは、アロケルを問《と》いつめる。

……まだまだ、プルソンの暴露大会《ばくろたいかい》は止《と》まらない。

「サブノックくんは、勝手《かって》に〝王の教室《ロイヤル・ワン》〟に寝泊《ねと》まりしてるし」

「ヌッ!?　バレた……！」

「アスモデウスくんは……たまにこっそり、イルマくんとクララさんの写真撮《しゃしんと》ってる」

「だっ！　なっ！　あっ！　きさっ……!!」

アスモデウスは、必死《ひっし》になって口《くち》をパクパクさせた。

「言《い》ってくれればいいのに～」

「ちがっ、あっ……」

うれしそうなクララと入間《いるま》に、アスモデウスは言葉《ことば》につまる。

「プルソンくん、もうそのへんで……」

と声《こえ》をかけた入間《いるま》に、プルソンは……。

「イルマくんは、授業中《じゅぎょうちゅう》にこっそりお菓子《かし》食《た》べるの、やめたほうがいいと思《おも》う」

「んッッ」

しっかりと、返《かえ》り討《う》ちにされた入間《いるま》。

「イルマ様《さま》……」

「イルマち、ごはんの前《まえ》はだめだよ……」

「ううっ、あっ……」

(バレてないと思《おも》ってたのに……！)

アスモデウスとクララの視線《しせん》が痛《いた》い。

「もうよせ、プルソン！　女子《じょし》がこわがってるから！」

ジャズが、あわてて叫《さけ》ぶ。

なにを言《い》われるかとおびえる女子《じょし》たちにむかって、プルソンは一言《ひとこと》。

「いや。女子《じょし》のプライバシーは侵害《しんがい》しないから」

「おまえッ!!」

調子《ちょうし》のいいプルソンに、男子《だんし》たちはブーイング。

そのあとも、出《で》るわ、出《で》るわ。

プルソンによる突然《とつぜん》の暴露大会《ばくろたいかい》に、男子《だんし》はなすすべもなく倒《たお》されたのだった……。


「――おっ、おそるべし、プルソン……」

花見会場《はなみかいじょう》に、男子《だんし》たちの屍《しかばね》が積《つ》みあがったところ。

「本当《ほんとう》に、ずっと同《おな》じクラスにいたんですね……」

ケロリは、やや引き気味《ぎみ》に言《い》った。

「みんな！　今日聞《きょうき》いたことは一旦忘《いったんわす》れような！　おたがいのために！」

リードはことさら力強《ちからづよ》く主張《しゅちょう》した。

入間《いるま》が、プルソンのことを〝おしゃべり〟と言《い》った理由《りゆう》が、みんなにもよくわかった。

「しかし、さすがピクシー。圧巻《あっかん》の肺活量《はいかつりょう》！」と、ジャズ。

「悪魔《あくま》は見《み》かけによらぬな……」サブノックもうなずく。

「ランクは【2《ベト》】だけど！　プルソンの実力《じつりょく》なら、音楽祭《おんがくさい》でも絶対活躍《ぜったいかつやく》できるよね！」

リードは、笑顔《えがお》でピースサイン。

プルソンは、そんなクラスメイトたちを見《み》て、静《しず》かに口《くち》をひらいた。

「その件《けん》だけど――僕《ぼく》が音楽祭《おんがくさい》に出《で》るには、**ふたつ条件《じょうけん》**がある……」

「えっ、条件《じょうけん》？」

みんなの視線《しせん》が、プルソンに集《あつ》まる。

「協力《きょうりょく》するのは、**音《おと》だけ**。僕《ぼく》は姿《すがた》をあらわさない。そして、**演奏《えんそう》してるのが僕《ぼく》だと明《あ》かさない**。――この条件《じょうけん》がのめるのなら、僕《ぼく》は音楽祭《おんがくさい》に出《で》るよ」

プルソンが言《い》い終《お》わると、みんな、しーん……と静《しず》かになってしまった。

さっきまでの盛《も》りあがりがウソのよう。桜《さくら》が散《ち》る音《おと》すらも聞《き》こえるくらいの静寂《せいじゃく》。

（タイミングま〜〜〜ちがえた〜〜〜〜〜）

プルソンは、猛烈《もうれつ》に後悔《こうかい》した。

(完全《かんぜん》に言《い》うタイミングまちがえた〜。これはダメでしょ。みんな固《かた》まっちゃったもんね)

表情《ひょうじょう》にこそ出《だ》さないが、脳内《のうない》では緊急《きんきゅう》ひとり反省《はんせい》会《かい》だ。

(せっかくみんなと楽《たの》しくおしゃべりしてたのに……。ここへきてコミュニケーション不足《ぶそく》の弊害《へいがい》が出《で》てしまった〜)

……今回《こんかい》も、ほとんどプルソンの一方通行《いっぽうつうこう》で、おしゃべりとは言《い》いがたいが、それでもようやくクラスメイトと交流《こうりゅう》できたのだ。

なのに、空気《くうき》を凍《こお》りつかせてしまった。

完全《かんぜん》にやらかした。

寝《ね》る前《まえ》にもう一度《いちど》思《おも》い出《だ》して、自己嫌悪《じこけんお》しちゃうタイプのやらかしだ。

……だって、こんな条件《じょうけん》じゃ、【4《ダレス》】に上《あ》がれないじゃん。
イミないじゃん。
音楽祭《おんがくさい》出《で》るって、期待値《きたいち》上《あ》げといて、こんな絶望《ぜつぼう》への叩《たた》き落《お》としある？
言《い》う？　普通《ふつう》、この空気《くうき》で。
めっちゃ消《き》えたい……。
消《き》えちゃうか？　だめか。だめだな。ど〜しよ〜。

沈黙《ちんもく》が痛《いた》い。
みんなの視線《しせん》が、矢《や》のようにつき刺《さ》さっている気《き》がして、プルソンはうつむいた。
（……がっかり……させたかな。やっぱり、音楽祭《おんがくさい》なんて出《で》るべきじゃ――）
「みんなっ、そんな顔《かお》しないで！　――**わくわくするのはわかるけど!!**」
入間《いるま》の声《こえ》に、プルソンは、え？　と顔《かお》をあげた。
問題児《アブノーマル》クラスは……みんな、ニヤニヤしながらこちらを見《み》ている。
まるで、今《いま》すぐ飛《と》びだしたくて、うずうずしているみたいに。
（えっ……なんで？　なんで、そんな表情《かお》――）

「いや〜、だってさぁ。そんな条件《じょうけん》出《だ》されると……逆《ぎゃく》に燃《も》えてきちゃうじゃん？」

「姿《すがた》見《み》せずに【4《ダレス》】に昇級《しょうきゅう》か……」

リードとジャズは、ニヤリと笑《わら》って言《い》った。


あぁ、そうだった……。

なんで、忘《わす》れてたんだろう。

僕《ぼく》はずっと、見《み》てきたのに。

彼《かれ》らは――逆境《ぎゃっきょう》のときこそ、よく笑《わら》う。

「なぁ、プルソン――全員問題児《ぜんいんアブノーマル》。そんな悪魔《あくま》が集《あつ》まってるんだ。できないなんてことないだろ」


ジャズが、プルソンにむかって手《て》を差《さ》しだす。

みんな、その言葉《ことば》を少《すこ》しも疑《うたが》ってない、って顔《かお》してる。

逆境《ぎゃっきょう》のときこそ
よく笑《わら》う
全員問題児《ぜんいんアブノーマル》…
そんな悪魔《あくま》が集《あつ》まってるんだ
できないなんてことないだろ

「**優勝《ゆうしょう》して！　【4】《ダレス》に上《あ》がろう！　プルソンくんも、いっしょに!!**」

入間《いるま》が叫《さけ》んだ。

──いっしょに。

……不思議《ふしぎ》だ。彼《かれ》らといっしょなら、叶《かな》えられてしまいそうな気《き》がするから。


「**コラーーーッ!!　だれだッ！　勝手《かって》に花見《はなみ》してるやつら！**」

そのとき、屋上《おくじょう》に先生《せんせい》がどなりこんできた。

「わッ!?　ヤべっ、先生《せんせい》だ!!」

「逃《に》げろーッ！」

強《つよ》い力《ちから》で、手《て》を引《ひ》かれた。

羽《はね》を出《だ》して、桜《さくら》が舞《ま》う夜空《よぞら》に、みんなで飛《と》びたつ。


……あぁもう。展開急《てんかいきゅう》すぎ。ついていけないって。

なんて、非常識《ひじょうしき》なクラスなんだ。

だけど……でも……。

「音楽祭《おんがくさい》！　あばれるぞ!!　13人《にん》で!!」

――このテンポ、嫌《きら》いじゃないかも。

第10話

生徒会《せいとかい》の行進《パレード》

音楽祭《おんがくさい》まで――あと4週間《しゅうかん》！

各《かく》クラス、出《だ》し物《もの》が決《き》まりはじめ、練習《れんしゅう》を始《はじ》めている生徒《せいと》たちもいる。

1年生《ねんせい》がにぎわいはじめたころ、生徒会《せいとかい》も動《うご》きだしていた。

生徒会長《せいとかいちょう》のアメリは、資料《しりょう》を片手《かたて》にこう言《い》った。

「円滑《えんかつ》な行事《ぎょうじ》の管理《かんり》は、我々生徒会《われわれせいとかい》の務《つと》め……。よって、おまえたちには、1年生《ねんせい》の出《だ》し物《もの》の聞《き》きとり調査《ちょうさ》に行《い》ってもらう。――頼《たの》んだぞ、ふたりとも！」

出《だ》し物調査係《ものちょうさがかり》に任命《にんめい》されたのは、生徒会師団《せいとかいバトラ》の1年生《ねんせい》、**アンプシー・ナフラ**。そして、2年生《ねんせい》の**ロノウェ・ロミエール**だ。

「ギョ～」

ナフラが、了解《ラジャー》！　というように手《て》をあげる。

ギョロッとした大《おお》きな瞳《ひとみ》を、フードの下《した》からのぞかせているナフラの言葉《ことば》は、悪魔《あくま》にもわからない。
一方《いっぽう》……。

「お断《ことわ》りロノウェ!!」

ロノウェは体《からだ》いっぱいで「NO《ノー》」を出《だ》した。

突然大声《とつぜんおおごえ》を出《だ》したロノウェに、ナフラは「ギョッ!?」と驚《おどろ》く。

「このロノウェにふさわしいのは、もっとゴージャスな業務《ぎょうむ》!! 生徒会《せいとかい》の地味《じみ》な雑務《ざつむ》ばかり回《まわ》されて、もう限界《げんかい》ロノウェ!!」

究極《きゅうきょく》の目立《めだ》ちたがり屋《や》で、いつもきらびやかな衣装《いしょう》に身《み》をつつんでいるロノウェ。

周囲《しゅうい》にバラをまきちらしながら、大《おお》げさな身《み》ぶりで、悲劇《ひげき》を演出《えんしゅつ》する。

「というか……このっ、これはなにかね!? くさっ!! ロノウェの美意識的《びいしきてき》にアウト!

共演《きょうえん》NG《エヌジー》!!」

独特《どくとく》なにおいを放《はな》つナフラにむかって、香水《こうすい》をプシューッとふりまく。

「ギヨギ〜!!」

「なにかね!? やるかね!?」

ファイティングポーズで向《む》かいあったふたりに、アメリは言《い》う。

「……まぁ、ムリにとは言《い》わんが、これはチャンスだぞ」

「……?」

ロノウェは、けげんな顔《かお》でアメリを見《み》た。

「生徒《せいと》たちとの交流《こうりゅう》は、生徒会《せいとかい》の花形業務《はながたぎょうむ》だ。音楽祭《おんがくさい》を機《き》に、ロノウェの名《な》を1年生《ねんせい》に知《し》らしめるチャンスだと思《おも》ったのだが……」

その瞬間《しゅんかん》、ロノウェの脳内《のうない》に、ひとつの絵《え》が浮《う》かぶ。

華《はな》やかなフロート車《しゃ》に乗《の》って、校内《こうない》の視線《しせん》をひとりじめする自分《じぶん》の姿《すがた》だ。

「つまり……目立てる《パレード》……!?」

「チギャウ」

なぜか、今回《こんかい》のナフラの言葉《ことば》はみんなにも伝《つた》わった。

しかし、カリスマロノウェは聞《き》く耳持《みみも》たず。

「それを早《はや》く言《い》いたまえよ!!　さあいくぞ、ナターシャ!!」

「ナギョ!?」

人《ひと》の名前《なまえ》を、勝手《かって》にゴージャスにするのはロノウェの癖《くせ》だ。

「その前《まえ》に、においを消《け》すぞ!!」

「ギョワーッ」

ロノウェはナフラを引《ひ》っぱって、嵐《あらし》のように生徒会室《せいとかいしつ》を飛《と》びだしていった。

「……わかりやすいヤツだ」

想像以上《そうぞういじょう》にうまくことが運《はこ》び、アメリは苦笑《くしょう》する。

音楽祭《おんがくさい》といえば、1年《ねん》の中《なか》でも大《おお》きなイベント。

運営側《うんえいがわ》の生徒会《せいとかい》も、万端《ばんたん》に、準備《じゅんび》を整《ととの》えておかなければ。

（音楽祭《おんがくさい》か……。イルマは、一体《いったい》どんな発表《はっぴょう》をするのか……）

アメリは、ひとりになった生徒会室《せいとかいしつ》で、音楽祭《おんがくさい》に出演《しゅつえん》する入間《いるま》の姿《すがた》を思《おも》いうかべる。

（歌《うた》……、劇《げき》……、バンドなイルマもいいな……！　ラブソングを熱唱《ねっしょう》するイルマ……悪《わる》くない!!）

「どれも捨《す》てがたい！」

思《おも》いきり机《つくえ》をたたいたとき、役員《やくいん》のひとりがもどってきて、アメリはあわてて姿勢《しせい》を正《ただ》したのだった。

1年《ねんエーぐみ》A組

——さて。出《だ》し物調査係《ものちょうさがかり》のロノウェとナフラは、まずは1年《ねんエーぐみ》A組にやってきた。

「**たーのもー!!**」

ロノウェは、両開《りょうびら》きのドアを全開《ぜんかい》にして、ド派手《はで》に入室《にゅうしつ》。

「やぁやぁ1年生庶民《ねんせいしょみん》！　**ん僕《ぼく》だよ!!**　……こっちは、香水《こうすい》づけのナターシャだ!!　写真撮影《しゃしんさつえい》はひとり6枚《まい》まで！」

ロノウェの横《よこ》には、香水《こうすい》の壺《つぼ》から顔《かお》を出《だ》しているナフラが、フヨフヨ浮《う》いている。

「なんだ、なんだ!?」

さわぎだした生徒《せいと》たちに、ナフラが「**我々《われわれ》は生《せい》徒会《とかい》です**」という紙《かみ》を見《み》せた。

「あぁ……生徒会《せいとかい》の聞《き》きとりか」

放送師団所属《ほうそうバトラしょぞく》の**ワルブ**が、それを見《み》て納得《なっとく》する。

説明《せつめい》がなければ、まるで道場破《どうじょうやぶ》りだ。

そして、代表《だいひょう》してひとりの生徒《せいと》が出《だ》し物《もの》の紹介《しょうかい》

をする。

「A組《エーぐみ》は、歌朗読《うたろうどく》です！　魔界《まかい》にまつわる逸話《いつわ》や、おとぎ話《ばなし》を歌詞《かし》に……。歌《うた》で物語《ものがたり》を伝《つた》えます！」

「なんと！　**オロバス**くんが超美声《ちょうびせい》！　勝算《しょうさん》あると思《おも》うな〜！」

ワルブが、**オロバス・ココ**を押《お》しだして言《い》った。

「よしてくれ……」

いつも2位《い》の男《おとこ》……から、収穫祭《しゅうかくさい》3位《い》の男《おとこ》へバージョンチェンジしたオロバスは、照《て》れたように、手《て》をふった。

A組《エーぐみ》の説明《せつめい》を一通《ひととお》り聞《き》くと、ロノウェは——。


「**地味《じみ》だね‼**」


バッサリ言《い》い切《き》った。

「え⁉」

A組《エーぐみ》は、突然《とつぜん》あらわれた先輩《せんぱい》からのきびしいジャッジにがくぜん。

「もっとパンチがほしいロノウェ！　声《こえ》で風船《ふうせん》くらい割《わ》ったらどうだ！」

ロノウェは、どーんと風船《ふうせん》を押《お》しつけ。

「物語《ものがたり》も地味《じみ》！　それなら、**ロノウェをあがめるお言葉《ことば》66選《せん》にしよう!!**」

どこから持《も》ちだしたのか、辞典《じてん》くらい分厚《ぶあつ》い「**ロノウェ読本《どくほん》**」を積《つ》みあげ。

「小物《こもの》も加《くわ》えて！　空中《くうちゅう》にはバラ！　バラ！　バラ!!」

バラをちらしまくり。

「よし、次《つぎ》！」

やりたい放題《ほうだい》やって、さっさと出《で》ていった。

A組《エーぐみ》から聞《き》こえる悲鳴《ひめい》を遠《とお》くに聞《き》きながら、ナフラは「**ごめんなさい**」の紙《かみ》をふったのだった……。

1年B組《ねんビーぐみ》

B組《ビーぐみ》の出《だ》し物《もの》は、劇《げき》だ。
姫《ひめ》の役《やく》を**ハルノ**、姫《ひめ》と恋《こい》に落《お》ちる忠臣《ちゅうしん》の役《やく》を、**アヅキ**が演《えん》じることになった。

女子《じょし》ふたりが主演《しゅえん》を張《は》る、華《はな》やかな舞台《ステージ》だ。

「ああっ！　あなたのためなら、私《わたし》は城《しろ》を捨《す》ててもいい！」

「なりませぬ、姫《ひめ》！　私《わたし》たちは結《むす》ばれぬ運命《うんめい》……！」

ハルノとアヅキの熱演《ねつえん》の間《あいだ》に――。


「でも、ロノウェが来《き》たから大丈《だいじょう》〜〜〜〜夫《ぶ》!!」

花《はな》に彩《いろど》られたブランコに寝《ね》そべって、ロノウェが、勢《いきお》いよく降《ふ》ってくる。

「劇《げき》はいい！　姫《ひめ》と忠臣《ちゅうしん》の許《ゆる》されぬ恋《こい》！　うむ!!」

ロノウェは、勝手《かって》に自分《じぶん》にスポットライトを当《あ》て、螺旋階段《らせんかいだん》の上《うえ》で決《き》めポーズ。

「退屈《たいくつ》だな!!」

「えっ!?」

またもや、バッサリ。

「もっと激《はげ》しく、身《み》もだえする展開《てんかい》がほしいロノウェ！」

今度《こんど》は、舞台上《ぶたいじょう》に、ハリボテでできた巨大《きょだい》なドラゴンを出現《しゅつげん》させた。

B組《ビーぐみ》
ああっ
あなたのためなら私《わたし》は城《しろ》を捨《す》ててもいい！
なりませぬ姫《ひめ》!!
私達《わたしたち》は結《むす》ばれぬ運命《うんめい》…!!
でもロノウェが来《き》たから大丈《だいじょう》〜〜〜夫《ぶ》!!

「魔獣《まじゅう》と姫《ひめ》が融合《ゆうごう》するのはどうだ!? 燃《も》える王城《おうじょう》!! 姫《ひめ》と忠臣《ちゅうしん》の恋《こい》も燃《も》えあがる!!」

恋《こい》が燃《も》えるより先《さき》に、1年生《ねんせい》たちの怒《いか》りに火《ひ》をつけたロノウェ。

「持《も》って帰《かえ》れ~!!」

叫《さけ》ぶB組《ビーぐみ》の生徒《せいと》に背《せ》をむけて、ロノウェはさっさと次《つぎ》の教室《きょうしつ》へ。

ナフラは申《もう》しわけなさそうに、「**すいません**」の紙《かみ》をふる。

1年C組《ねんシーぐみ》

続《つづ》く1年C組《ねんシーぐみ》は、なにを発表《はっぴょう》するかで大《おお》いにモメていた。

クラスは今《いま》、「ロック派《は》」と「クラシック派《は》」で、票《ひょう》が二分《にぶん》されている。

「時代《じだい》はロックだ!! すっこんでろ、ベビデビちゃん!」

前髪《まえがみ》をかきあげるのは、「ロック派《は》」のリーダー、**ギャッツ**。

「フザけるな、無粋者《ぶすいもの》! 由緒正《ゆいしょただ》しき、クラシックこそ至高《しこう》だ!」

指揮棒《タクト》をふって抗議《こうぎ》するのは、「クラシック派《は》」のリーダー、**ボニー**。

そしてその間《あいだ》で、ハープを奏《かな》でているのは——。

♪争《あらそ》うのなら　ロノウェを見《み》よう
輝《かがや》く一番悪魔星《いちばんあくまぼし》～♪

……ロノウェである。

ロノウェは、珍妙《ちんみょう》な仲直《なかなお》りソング（？）を歌《うた》いながら、ロック派《は》もクラシック派《は》もまとめて、ロープでぐるぐる巻《ま》きに。


♪みんなのあこがれ　あぁ　ロノウェ～　英雄《えいゆう》～

～間奏《かんそう》～

ファ～～ビュラ～～ス～～♪


「ちょ、なんですかコレ!?」

「ほどいてよ～!!」

C組《シーぐみ》の悲鳴《ひめい》は無視《むし》して、ロノウェは歌《うた》いながら次《つぎ》なる教室《きょうしつ》へレッツ・ゴー☆

「どんどん行《い》くぞ〜♪　ロノウェが行《い》くぞ〜♪（コーラス：パレード〜）」

今度《こんど》のナフラは、「仲《なか》よくね」と書《か》いた紙《かみ》をふった。

みんな大好《だいす》き　ロノウェの行進《こうしん》〜♪

ツノだぜ、ハネだぜ、ロノウェをたたえよ〜〜♪

……そして、D組《ディーぐみ》、E組《イーぐみ》でも、ロノウェのパレードは続《つづ》き……。

その評判《ひょうばん》が、生徒会《せいとかい》のもとにも届《とど》きはじめた。

「会長《かいちょう》!!」

生徒会室《せいとかいしつ》のドアを蹴破《けやぶ》らんばかりの勢《いきお》いで、役員《やくいん》の**ザガン**と**キマリス**がかけこんできた。

「1年塔《ねんとう》で、ロノウェとナフラが大暴《おおあば》れで……」

「なんかっ！　うざったい歌《うた》を歌《うた》っています!!」

ふたりのあせったような報告《ほうこく》に、アメリはただ一言《ひとこと》。

「……そうか」と、うなずいた。

ふたりは、拍子抜《ひょうしぬ》けだ。

「いいんですか……？」

キマリスが言《い》うと、アメリは「ああ」と答《こた》える。

「言《い》ったはずだ。これはチャンスだと……。ロノウェは、一般生徒《いっぱんせいと》とあまり接触《せっしょく》したがらないからな……」

庶民《しょみん》の生活《せいかつ》にあまり興味《きょうみ》のないロノウェは、ふだん、学校《がっこう》の生徒《せいと》とつるんだりしない。

そんなロノウェを、出《だ》し物調査係《ものちょうさがかり》に任命《にんめい》した一番《いちばん》の理由《りゆう》は――。

「こうでもしないと、1年生《ねんせい》が、ロノウェと話《はな》せないだろう」

アメリは薄《うす》く笑《わら》い、ザガンたち役員《やくいん》にむき直《なお》る。

なにもアメリは、1年生《ねんせい》たちにいじわるをしたくて、ロノウェを派遣《はけん》したわけではない。

「なぜ、ロノウェがあれほど学内《がくない》で好《す》き勝手《かって》できると思《おも》う？　実力《じつりょく》があるからだ。――おまえたちも、それはよく知《し》っているだろう。実感《じっかん》したはずだ……1年前《ねんまえ》の今《いま》ごろに」

アメリは、昨年《さくねん》をなつかしむように言《い》った。

「……そう。ヤツこそ——**前年度音楽祭《ぜんねんどおんがくさい》、優勝《ゆうしょう》クラスを率《ひき》いた男《おとこ》。位階《ランク》【5《ヘー》】。ロノウェ・ロミエール！**」

彼《かれ》のパフォーマンスは、アメリの目《め》にも圧巻《あっかん》だった。くやしいほどに。

「はじめて、私《わたし》の学歴《がくれき》に敗北《はいぼく》をきざんだ、腹立《はらだ》たしいヤツだ。1年生《ねんせい》には最高《さいこう》の刺激《しげき》となる」

きっと今《いま》ごろ、1年生《ねんせい》たちはあせりはじめているだろう。

このままじゃダメだ——そのくやしさが、作品作《さくひんづく》りの原動力《げんどうりょく》になることを、アメリは知《し》っている。

「能力関係《のうりょくかんけい》なく、ロノウェのカリスマ性《せい》は本物《ほんもの》だ。ヤツに影響《えいきょう》を受《う》けた1年生《ねんせい》の出《だ》し物《もの》は、きっとおもしろくなるはずだぞ」

「会長《かいちょう》……」

キマリスは、尊敬《そんけい》のまなざしでアメリを見《み》つめ、言《い》った。

「でも、苦情《くじょう》もすごいんですが」

「それはまあ！　そうだろうな!!」

アメリは潔《いさぎよ》くうなずいた。


……さて、苦情《くじょう》の根源《こんげん》、ロノウェはというと、ついに最後《さいご》のクラスへたどりついた。

1年塔《ねんとう》から離《はな》れた森《もり》の中《なか》。荘厳《そうごん》な入口《いりぐち》の前《まえ》に立《た》ち、その建物《たてもの》を見上《みあ》げる。

「〝王の教室《ロイヤル・ワン》〟！　ロノウェの別荘《べっそう》にと思《おも》っていたが、先《さき》を越《こ》されてしまっていたとは！」

最後《さいご》の聞《き》き取《と》り調査《ちょうさ》は、問題児《アブノーマル》クラスだ。

「ここは、イルミナティくんのクラスらしいな！」

「ギョ〜〜！」

「ム。ナターシャも知《し》りあいか!?」

収穫祭《しゅうかくさい》では、入間《いるま》と協力《きょうりょく》して〝伝説《レジェンド》のリーフ〟を咲《さ》かせたナフラ。

入間《いるま》に会《あ》うのは久《ひさ》しぶりだ。

「よし！　遊園地《ウォルターパーク》で遊《あそ》んだ仲《なか》だ！　**華麗《かれい》にアドヴァイス**してやろう！」

ふたりで、意気揚々《いきようよう》と〝王の教室《ロイヤル・ワン》〟へ突入《とつにゅう》！

「たのも〜！　イル……」

……しかし、目《め》の前《まえ》には信《しん》じがたい光景《こうけい》が広《ひろ》がっていた。
ボロボロの机《つくえ》やイス。焼《や》けこげた床《ゆか》。その床《ゆか》に倒《たお》れている、傷《きず》だらけの生徒《せいと》たち。
そして、その中心《ちゅうしん》にゆらりとたたずむ、入間《いるま》の姿《すがた》――。
「――!?」
明《あき》らかに、ここでなにか事件《じけん》が起《お》きた。
おそろしい光景《こうけい》に、ロノウェとナフラは、思《おも》わず手《て》をにぎりあったのだった。

第11話 地獄踏み《ヘルダンス》

「いっ、一体《いったい》なにが……!?」

おそるおそる、ロノウェがたずねると、入間《いるま》は重《おも》い口《くち》をひらいた。

「実《じつ》は……音楽祭《おんがくさい》の出《だ》し物《もの》を決《き》めようって話《はなし》になって……」

問題児《アブノーマル》クラスは、他《ほか》のクラス以上《いじょう》に、出《だ》し物決《ものぎ》めが難航《なんこう》していた。

なんたって、プルソンを目立《めだ》たせず、でもクラス全員《ぜんいん》が目立《めだ》てるような演目《えんもく》を考《かんが》えなければならない。

いろいろ案《あん》は出《で》たものの、どれもピンとこない。

「完全《かんぜん》につまってんなー」と、リード。

「う～～ん……」

みんなも、うなってばかりだ。

「では、私《わたし》がひとつ案《あん》を出《だ》そう」

そんな状況《じょうきょう》を打破《だは》したのは、アスモデウスだった。

「単純《たんじゅん》なことだ。プルソン以上《いじょう》に目立《めだ》つものが、前《まえ》にあればいい」

そして、手《て》のひらから得意《とくい》の炎《ほのお》を出《だ》す。

「そこで、私《わたし》の華《はな》やかな炎《ほのお》の出番《でばん》だ！」

これには、みんなからも「おお〜っ」と歓声《かんせい》があがる。

……ここまでは、よかったのだ。

「……というわけで、これを投《な》げるから男子《だんし》は全員《ぜんいん》よけろ」

「単純《たんじゅん》すぎない!?」

このあたりから、雲行《くもゆ》きがあやしくなってきた。

「よける男子《だんし》をバックダンサーに、女子《じょし》は歌《うた》で、プルソンは演奏《えんそう》！」

突拍子《とっぴょうし》もないアスモデウスのアイデアに、男子《だんし》たちは断固反対《だんこはんたい》。

「**地獄絵図《じごくえず》だよ！**」

「そんなホイホイよけられるか！」

すると、アスモデウスはフンと鼻《はな》を鳴《な》らし。

「イルマ様《さま》は余裕《よゆう》だったぞ！」

「なんで得意《とくい》げなの!?」

まるで、自分《じぶん》のことのように胸《むね》を張《は》っている。

「ムリだって！」

「音楽祭《おんがくさい》に命《いのち》懸《か》けられないよ！」

……と。男子《だんし》たちは、軽《かる》い気持《きも》ちで言《い》ってしまったのだ。

それに、反応《はんのう》した生徒《せいと》がひとり。

「命《いのち》を……懸《か》けない……？　あなたたち……ステージなめてるの？」

パキッ……と氷《こおり》をふみしめ、男子《だんし》たちをにらみつけるのは、ケロリ。

「なに!?　なんで怒《おこ》ってんの!?」

思《おも》わぬところに飛《と》び火《ひ》して、ジャズはうろたえる。

「え～っと……ケロリさんはっ、アクドルが好《す》きで……っ」

入間《いるま》の言《い》う通《とお》り、ケロリは、大《だい》のアクドルファン。

……好《す》きが高《こう》じて、自身《じしん》もアクドルを始《はじ》め、あの超有名《ちょうゆうめい》アクドル〝**くろむちゃん**〟として活動《かつどう》しているのだが、そのことはみんなにはないしょだ。

「女王《じょおう》、落《お》ちついて!!」

「あっ！　プルソンが消《き》えそう!!」

「まてっ、ズルいぞ!!」

てんやわんやの中《なか》、アスモデウスがついに炎《ほのお》をかまえた。

「バラム師匠《ししょう》も言《い》っていた。……**まずは、実践《じっせん》あるのみ！**」

「**ヤケドは、私《わたし》が冷《ひ》やします……**」

ケロリが続《つづ》き、そして開幕《かいまく》した、炎《ほのお》と氷《こおり》の殺戮《さつりく》ショー。

「さあ、踊《おど》れ!!」

「**うわぁああああああ!!**」


「――と、いうわけで……」

入間《いるま》は、神妙《しんみょう》な顔《かお》で、いきさつを語《かた》り終《お》えた。

持《も》ち前《まえ》の〝圧倒的危機回避能力《あっとうてききかいひのうりょく》〟で、すべての火《ひ》の球《たま》をよけた入間《いるま》だけが、ピンピンしているというわけだ。

「なるほど……」

まずは実践《じっせん》あるのみ！
ヤケドは私《わたし》が冷《ひ》やします…
キキキ キキキ
ヌ
さあ踊《おど》れ!!
あ
あ
あ

ロノウェはうなずいて。

「じゃっ、問題児《アブノーマル》クラスは発表《はっぴょう》なしということで!!」

「「待《ま》て待《ま》て待《ま》て――――い!!」」

報告《ほうこく》に行《い》こうとするロノウェを、みんなが起《お》きあがって取《と》り押《お》さえる。

「ちゃんと！　アイデアも出《だ》してますから……！」

ロノウェは、問題児《アブノーマル》クラスの出《だ》し物一覧《ものいちらん》に目《め》を通《とお》す。

「……で。出《で》た案《あん》が、これ……」

①　バンド
②　合唱《がっしょう》
③　魔王劇《まおうげき》
④　サバト
⑤　んじゃらか

……後半《こうはん》にいたっては、もはや戦力外《せんりょくがい》。

「つまらんな!!」

「わッ!!」

これまでのクラスの中《なか》で、一番《いちばん》の辛口《からくち》コメントだ。

「そんなハッキリ……」

仕方《しかた》ないとはいえ、問題児《アブノーマル》クラスはショックを受《う》ける。

「ペラペラでお話《はなし》にもならない！　見《み》たまえ！　退屈《たいくつ》すぎて、ロノウェは3回《かい》も着替《きが》えてしまったぞ！」

本当《ほんとう》だ。言《い》われてみれば、いつの間《ま》にか衣装《いしょう》が変《か》わってる。

……いや、今《いま》はどうでもいいよ、そんなこと！

「キミたち……。これは、生徒《せいと》にウケると思《おも》って考《かんが》えたものだろう」

……ギクッ。

全員《ぜんいん》、図星《ずぼし》だった。

「そりゃあ、だって……ウケなきゃ勝《か》てないし」と、ジャズ。

「流行《はや》りとか追《お》ったほうがいいっしょ……」と、リード。

しかし、ロノウェは「NON《ノン》！」と、それを一蹴《いっしゅう》する。

「よく聞《き》け、後輩庶民《こうはいしょみん》！　薄《うす》っぺらい欲《よく》は見《み》ぬかれる！　過去《かこ》の音楽祭《おんがくさい》!!　ウケ狙《ねら》いで優勝《ゆうしょう》したクラスはないロノウェ!!」

問題児《アブノーマル》クラスは、ウッ、と言葉《ことば》に詰《つ》まる。

「A《エー》～E組《イーぐみ》とくらべて、どうだ!? ナターシャ!!」

「ハァ～ン」

ナフラは、「全然《ぜんぜん》ダメ」というふうに肩《かた》をすくめて首《くび》をふった。

「そらみろ！ ……やるなら本気《ほんき》で！ やりたいことをすべきだ！」

ロノウェは、ビシッと指《ゆび》をさして、こう叫《さけ》んだ。

「悪魔《あくま》ならばっ！ 自分《じぶん》の欲《よく》がいかに最高《さいこう》か、相手《あいて》に叩《たた》きつけて勝負《しょうぶ》したまえ!! 真《しん》に楽《たの》しむ悪魔《あくま》にしか、祭《まつ》りの頂《いただき》はふさわしくないロノウェ！」

ロノウェの言葉《ことば》は、まっすぐに、問題児《アブノーマル》クラスの胸《むね》をつらぬいた。

それに——。

(すごく……真《ま》っ当《とう》なことを言《い》ってる!! ロノウェ先輩《せんぱい》なのに!!)

みんな、心《こころ》の中《なか》でちょっとロノウェを見直《みなお》していた。

するとロノウェは、入間《いるま》に向《む》かって言《い》った。

「イルミナティ！　キミにしたいことはないのかね!?」

「えっ!?　ぼっ、僕《ぼく》!?」

突然《とつぜん》名指《なざ》しされ、入間《いるま》はあわてる。

「なにがしたいロノウェ!?」

「えっと……、僕《ぼく》っ……、僕《ぼく》は……」

人間《にんげん》の入間《いるま》は、魔界《まかい》の音楽《おんがく》や、演目《えんもく》にもくわしくない。

でも——ひとつだけ、たしかなことがあった。

「みんなと、いっしょがいい……」

みんなとなら、なんだって楽《たの》しいはずだから。

それに——。

「せっ、せっかく13人《にん》そろったから……みんなでいっしょのことをしたい、かなっと……」

プルソンくんもいっしょだよって、わかるようなものがいい。

「い、以上《いじょう》です……」

「おっ、おう……」

なぜか急《きゅう》によそよそしく、ぺこりと頭《あたま》をさげた入間《いるま》に、クラスメイトたちは笑《わら》ってしまう。

「フーム。音楽祭《おんがくさい》でそろいとは、めずらしいな！」

そうつぶやいたロノウェの言葉《ことば》に。

「……！」

ケロリは、ハッとして、なにかに気《き》づいた様子《ようす》だ。

「でも、そろえるって……なにを？　衣装《いしょう》とか？」と、ジャズ。

「少々《しょうしょう》安直《あんちょく》デハ？」と、アロケル。

苦身体操《くみたいそう》はどうだ？」

サブノックが提案《ていあん》すると。

「いや、かんべんして」と、ジャズは首《くび》をふった。

そんなみんなにむかって、ケロリは意《い》を決《けっ》したように手《て》をあげた。

「……ひとつ……。ひとつだけ、いい出《だ》し物《もの》があるわ……」

「えっ？」

ケロリは、まるで口《くち》にすることすらもはばかられるというふうに、けわしい顔《かお》つきをしている。

そして、言《い》ったのだ。

「華《はな》やかで、派手《はで》で、最高《さいこう》に……つらい。**アクドル界《かい》、禁断《きんだん》のダンス**」

悪魔《あくま》たちを楽《たの》しませるアクドル――。

その進化形《しんかけい》として生《う》まれた、〝大人数《グループ》アクドル〟。

彼女《かのじょ》たちのパフォーマンス。それは――。


6人組《にんぐみ》で息《いき》をそろえて、ピッタリと踊《おど》ること！


「へえ～、華《はな》やかそう……」

興味深《きょうみぶか》そうにつぶやいたのは、入間《いるま》だけだった。

見《み》れば、みんな顔面蒼白《がんめんそうはく》。

「**ろっ……6人《にん》で……ッ、踊《おど》る⁉**」

信《しん》じられないというように、ごくりとつばを飲《の》む音《おと》がした。


――その名《な》も、〝**地獄踏み《ヘルダンス》**〟。

そもそも、悪魔《あくま》は〝集中《しゅうちゅう》〟が大《だい》の苦手《にがて》なのだ。

大人数《おおにんずう》で、他《ほか》の悪魔《あくま》に合《あ》わせてピッタリそっくり、長時間同《ちょうじかんおな》じふりつけで踊《おど》ることを強制《きょうせい》される
など――**想像《そうぞう》を絶《ぜっ》する苦痛《くつう》。**

さながら、無間地獄《むげんじごく》で踊《おど》る修羅《しゅら》のダンス――ゆえに、〝地獄踏《ヘルダンス》み〟。

過去《かこ》に、大人数《グループ》アクドルとして、〝地獄踏《ヘルダンス》み〟を経験《けいけん》したケロリも、結局《けっきょく》、ダンスを完成《かんせい》させることができなかった。

「結局《けっきょく》、踊《おど》れたのは私《わたし》と……もうひとりだけ」

ぽつりとつぶやいたケロリの言葉《ことば》に、リードが

「私《わたし》……？」と首《くび》をかしげる。

「あっ、いやっ……」

思《おも》わず口《くち》をすべらせてしまったケロリは、あわてて取《と》りつくろう。

「と、とにかく！　6人《にん》でも大失敗《だいしっぱい》したのに、

人《にん》でなんて……本当《ほんとう》なら、正気《しょうき》じゃない」

ケロリは知《し》っている。

プロのアクドルすらも無惨《むざん》に敗《やぶ》れた、〝地獄踏み《ヘルダンス》〟の過酷《かこく》さを――。

「〝地獄踏み《ヘルダンス》〟は、全員《ぜんいん》の息《いき》がそろわないと成立《せいりつ》しないの。ひとりが、一瞬《いっしゅん》でもおかしな動《うご》きをしたらとてつもなくみっともない！」

ケロリが、スカートをぎゅっとにぎる。

「諸刃《もろは》の剣《つるぎ》……。下手《へた》したら、位階降格《ランクこうかく》もあるかもしれないわ……。でもっ、だからこそっ……！」


「「「**それしかない!!**」」」


みんなの声《こえ》が、ピタリと重《かさ》なった。

「……！」

おどろいて言葉《ことば》が出《で》ないケロリに、リードが笑《わら》う。

「ムチャぶりは今《いま》さらでしょ～！」

「うん、うん！」クララもうなずく。

「ハイリスク、ハイリターン！　じゃなきゃ、優勝《ゆうしょう》は狙《ねら》えないでござる！」

ガープが、力強《ちからづよ》く言《い》った。

まったく……とんでもないことを、平気《へいき》で言《い》ってのけるクラスメイトたちだ。

彼《かれ》らとなら、この地獄《じごく》すらも乗《の》りこえられるかもしれないと、ケロリは思《おも》ってしまった。

「……決《き》まったようだな！」

ロノウェは、よし、とうなずく。

「ギョ～！」

ナフラは、報告書《ほうこくしょ》にこう書《か》き足《た》した。

音楽祭《おんがくさい》。

問題児《アブノーマル》クラス出《だ》し物《もの》は――　〝**ヘルダンス**〟‼

第12話 アクドルの神髄《しんずい》

クロケル・ケロリは、プロのアクドルだ。

あのときも、プロとして、だれよりも〝地獄踏み《ヘルダンス》〟の練習《れんしゅう》に力《ちから》を尽《つ》くした。

それは、ひとえに——。


チームメイトのアクドルたちは、困《こま》ったような顔《かお》で、ケロリの元《もと》から去《さ》っていった。

「もうムリよ」

「ついていけないわ……」

チームで息《いき》を合《あ》わせて、寸分《すんぶん》のくるいもなく、常《つね》に同《おな》じ動《うご》きをしつづける……悪魔《あくま》にとっては、**地獄《じごく》のようなレッスン**だ。

「待《ま》って……！」

「ごめんね」

「もう少《すこ》し……！」

「じゃあね……」

チームは、ひとり抜《ぬ》け、またひとり抜《ぬ》け……。

最後《さいご》に残《のこ》ったのは、ケロリと、もうひとりだけだった。

ケロリは、くやしい気《き》持《も》ちでいっぱいだった。


なんでっ……。

もっと練習《れんしゅう》すれば、きっと……。

私《わたし》……私《わたし》は……っ。


大人数《おおにんずう》で歌《うた》って踊《おど》る、かわいいアクドルたちが見《み》たいのに――――!!

――それはひとえに、彼女《かのじょ》が大《だい》のアクドル好《ず》きだからである。

そして、今《いま》。

問題児《アブノーマル》クラスのメンバーはジャージに着替《きが》えて、〝王の教室《ロイヤル・ワン》〟の数《かず》ある部屋《へや》のひとつ、運動部屋《うんどうべや》に集合《しゅうごう》していた。

中央《ちゅうおう》に立《た》つケロリは、みんなにこう告《つ》げる。


「……というわけで、あなたたちには、アクドルになってもらいます！」


（どういうこと……!?）

なにが、〝というわけ〟なのか。問題児《アブノーマル》クラスに戦慄《せんりつ》が走《はし》る。

「……僕《ぼく》らがやるのって、〝地獄踏《ヘルダンス》み〟でしょ？」

リードが、ひかえめにたずねる。

「……あのね。アクドルは、〝パフォーマーの最高峰《さいこうほう》〟なの。まさしく、魅了《みりょう》の塊《かたまり》！」

ケロリは、小型《こがた》のタブレットを取《と》りだした。

画面《がめん》の中《なか》では、さまざまな女子悪魔《じょしあくま》が、きらびやかなパフォーマンスを披露《ひろう》している。

「ステップ、歌《うた》、容姿《ようし》……すべてが魅《み》せるために計算《けいさん》され、洗練《せんれん》されてる。参考《さんこう》にしない手《て》はないわ。**なにより、かわいいのよ！**」

フフンと、胸《むね》を張《は》るケロリ。

「なるほど……つまり……」

男子《だんし》たちはイメージした。……女装《じょそう》して、ファンサをふりまく自分《じぶん》たちの姿《すがた》を。

「うん。わかってないわね」

ケロリは男子《だんし》たちの脳内《のうない》を察《さっ》して言《い》った。

「ちゃんと、男性《だんせい》のアクドルもいますから!!」

画面《がめん》に映《うつ》るのは、キラキライケメン男性《だんせい》アクドルたち。

キュート系《けい》、ミステリアス系《けい》、王子様系《おうじさまけい》の、各種《かくしゅ》イケメンたち。……さらに、ダンスも楽器《がっき》もお手《て》の物《もの》。

「おー、イケメン！」「腹立《はらた》つ」「すごーい！」「キラキラ！」

男子《だんし》たちは、食《く》い入《い》るように画面《がめん》を見《み》つめる。

「でしょう!!」

クラスメイトとアクドルの話《はなし》ができるのがうれしくて、ケロリも目《め》を輝《かがや》かせた。

「みなさんも、衣装《いしょう》はもちろん、メイク、ネイル！　足元《あしもと》まで完全《かんぜん》に仕上《しあ》げますよ！」

「ガチだね……」

アクドルにおいては妥協《だきょう》をゆるさないケロリに、アガレスは若干《じゃっかん》引《ひ》き気味《ぎみ》だ。

「ん～、でも……」

と、ジャズがけわしい顔《かお》をする。

「イメージがつかんな？」

サブノックも、あまりピンときていないようだ。

「『自分《じぶん》が』ってなるとなぁ……」と、リード。

「う～ん、はずかしいでござる……」

ガープが思《おも》わず本音《ほんね》を言《い》うと……。

「**はずかしい……？**」

ピリッと、ケロリのまとう空気《くうき》が変《か》わり、男子《だんし》たちはゾッとする。

「いやっ！　アクドルがってイミじゃなくて……！」

「お、落《お》ちつい……」

ジャズとカムイは必死《ひっし》にケロリをなだめる。

火《ひ》の球《たま》ダンス事件《じけん》の二《に》の舞《まい》になるのはゴメンだ。

しかし、ケロリは……。

「――いいわ。実物《じつぶつ》と映像《えいぞう》では、印象《いんしょう》の差《さ》は段《だん》ちがいだもの」

と、音楽《おんがく》プレイヤーの電源《でんげん》を入《い》れた。

「よく見《み》てて。――**一度《いちど》しか、魅《み》せないわよ**」

スッ……と、ケロリがメガネをはずす。

その瞬間《しゅんかん》――見《み》ていたみんなは、息《いき》をのんだ。

「――なに!?」

「急《きゅう》に……っ、存在感《そんざいかん》が……!!」

肩幅《かたはば》に足《あし》を開《ひら》き、目《め》をふせるケロリ。

曲《きょく》が始《はじ》まった瞬間《しゅんかん》――パッと顔《かお》を上《あ》げたケロリの瞳《ひとみ》を見《み》て、ゾクッと鳥肌《とりはだ》が立《た》つ。

もう、目《め》が離《はな》せなかった。

いい……？　アクドルは……。

――**かわいく！**

魔界中《まかいじゅう》をとりこにする、とびきりの笑顔《えがお》。

――**美《うつく》しく。**

見《み》る者《もの》をひざまずかせる、妖艶《ようえん》さ。

――そして……かっこよく！

恋《こい》に落《お》とす、魅惑《みわく》のまなざし。

瞬間《しゅんかん》――みんなの目《め》には、ケロリの姿《すがた》が、まるで男性《だんせい》アクドルのように映《うつ》った。

華奢《きゃしゃ》なケロリからあふれ出《で》る、雄々《おお》しく、猛々《たけだけ》しく、生命力《せいめいりょく》あふれるダンス。

身《み》につけたジャージは、王子様《おうじさま》のような衣装《いしょう》に変《か》わり、背景《はいけい》には、超満員《ちょうまんいん》の魔苦針《まくばり》ドームが見《み》える。

気《き》づけば、息《いき》をするのも忘《わす》れて、みんな、ケロリに見入《みい》っていた。

ダダンッ！　と、最後《さいご》のステップを踏《ふ》みしめ、ケロリがポーズを決《き》めると――。


「「ッッッキャァアアアアアア！！！」」


運動部屋《うんどうべや》に、問題児《アブノーマル》クラスの桃色《ももいろ》の悲鳴《ひめい》がとどろいた。

「すっごぉお～～～～い!!」

「なに、今《いま》の!?」

女子《じょし》も男子《だんし》も、完全《かんぜん》にケロリのファンの顔《かお》になっている。

「一瞬《いっしゅん》、ケロりんが男子《だんし》に見《み》えたんだけど!!」とリードが言《い》えば。

「ねっ!?　ねっ!?」

クララとガープも、興奮気味《こうふんぎみ》にうなずく。

「やっべぇ、かっこよかった!!」

「**でしょ〜う**」

ケロリは、得意《とくい》げに胸《むね》を張《は》る。

「まるで、本物《ほんもの》のアクドル!!」

「**……!?**」

ケロリはギクッと飛《と》びあがる。

あわてでかくれて、〝超認識阻害《ちょうにんしきそがい》〟がついた特注《とくちゅう》のメガネを装着《そうちゃく》。

(ッッッあ〜〜〜! しまったぁ〜〜!! しまったぁ〜〜! ファンサしすぎてしまった!! うっかり、とりこにしちゃう!! あぶない、あぶない、あぶない!!)

あやうく、〝本物《ほんもの》のアクドル〟であることがバレるところだった……。

「とっ、とにかく!」

元《もと》の〝問題児《アブノーマル》クラスのケロリ〟に戻《もど》って、仕切《しき》りなおす。

「想像《そうぞう》してみて。自分《じぶん》の指先《ゆびさき》──ちょっとした動《うご》きひとつで、みんなが歓喜《かんき》し、ゆれるのよ。**最《さい》ッッ高《こう》に! ゾクゾクするでしょう!**」

さっきまで、「イメージがつかない」、「はずかしい」と言《い》っていた男子《だんし》たちが、ケロリの言葉《ことば》に、目《め》を輝《かがや》かせている。

「めっちゃいいな、アクドル!!」

「拙者《せっしゃ》もターンしたい!!」

その様子《ようす》を見《み》て、「よろしい!」と、ケロリも満足《まんぞく》そうだ。

「じゃあ、私《わたし》はヘルダンス用《よう》の練習魔具《れんしゅうまぐ》を調達《ちょうたつ》するわ。……姉《ねえ》さんとクララさんは、私《わたし》とセンターだから、かなりキツめの練習《れんしゅう》になるわよ」

「ハイ!!」

女子《じょし》たちも、力強《ちからづよ》く返事《へんじ》をした。

「僕《ぼく》らは?」

やる気十分《きじゅうぶん》のリードがたずねる。

「まずは、『**自分《じぶん》はカッコいい**』って666回唱《かいとな》えなさい」

己《おのれ》の魅力《みりょく》を知《し》ることこそ、アクドルへの第一歩《だいいっぽ》だ。

「カッコイイ!」「俺《おれ》たちカッコイイ!」「ちょ、アズアズは言《い》わないで?」「なんでだ」

……などなど、男子《だんし》たちがさわいでいるのを横目《よこめ》に、ケロリはふう、と息《いき》をつく。

「……さて。音楽《おんがく》チームの様子《ようす》はどうかしら――」

そのころ、〝王の教室《ロイヤル・ワン》〟にある、演奏室《えんそうしつ》では……。

トランペット奏者《そうしゃ》のプルソン。

そして――。

「よっ、よろしくお願《ねが》いします！」

ピアノに向《む》かって、入間《いるま》が座《すわ》っていた。

第13話 魔界《まかい》のピアノ

演奏室《えんそうしつ》に、入間《いるま》のピアノが響《ひび》く。

ジャーンと、クライマックスを弾《ひ》きあげると、プルソンは静《しず》かに口《くち》を開《ひら》く。

「……イルマくん。めっっっっちゃヘタだね」

「申《もう》し訳《わけ》ございばぜん……」

入間《いるま》は、頭《あたま》をピアノのイスにめりこませてあやまった。

自分《じぶん》でもわかっていた。

……全然《ぜんぜん》、弾《ひ》けてない。

「まぁ、はじめたばっかりだし仕方《しかた》ないというか、すごくヘタで当《あ》たり前《まえ》というか。赤《あか》ちゃんも羽出《はねだ》しは苦労《くろう》するっていうか。練習《れんしゅう》しかないかな。すごくヘタだけどがんばろう」

「うっ……」

〝すごくヘタ〟を連呼《れんこ》しながら、プルソンがなぐさめてくれる。

「もっ、もっとがんばらないとだよね……。せっかくもらった役割《やくわり》なんだから……！」


出《だ》し物《もの》が〝地獄踏《ヘルダンス》み〟に決《き》まったあと、ケロリはチーム分《わ》けを発表《はっぴょう》した。

「チームはふたつ！　各々《おのおの》、確認《かくにん》してね」

ひとつは、**「ダンスチーム」**。

もうひとつの**「音楽《おんがく》チーム」**は、「メイントランペット」がプルソン。「サポートピアノ」がイルマとなっていた。

「待《ま》てい!!　なぜイルマ様《さま》がサポートなのだ!?」

すぐに、アスモデウスが抗議《こうぎ》する。

「イルマち、ダンスうまいよ～！」と、クララも参戦《さんせん》。

「知《し》ってるわ」

以前《いぜん》、アクドルのステージで共演《きょうえん》したケロリは、入間《いるま》の実力《じつりょく》をよく覚《おぼ》えている。

「……でもね。ダンスの中《なか》に彼《かれ》がいたら、みんな彼《かれ》を見《み》ちゃうでしょ！　今回《こんかい》の主役《しゅやく》は、姉《ねえ》さんとプルソンさんなの！」

たしかに……目立《めだ》ちたくなくても、なぜかいつも目立《めだ》ってしまう入間《いるま》だ。

ましてや、「若王《じゃくおう》」ともなれば、自然《しぜん》と視線《しせん》をひとりじめしてしまう。

「サポート役《やく》は位階《ランク》を上《あ》げなくていい【4《ダレス》】の中《なか》から選《えら》びたいし。音《おと》の要《かなめ》……ピアノにむいてるのは、音感《おんかん》もあって、プルソンさんと一番協調《いちばんきょうちょう》できて――そして、**みんなを導《みちび》ける悪魔《ヒト》よ**」

それを聞《き》いて、入間《いるま》はおどろいた。

ケロリはほほえんで、入間《いるま》に言《い》う。

「だからあなたに、お願《ねが》いしたいのよ。やってくれる？　イルマさん」

その瞬間《しゅんかん》――**ぐわっと、胸《むね》が熱《あつ》くなる。**

迷《まよ》いなく、入間《いるま》はすぐに手《て》をあげた。

「……うん！　わかった!!」

やりたい。やらせてほしいって、思《おも》ったから。

「いーじゃん、ピアノ！　かっこいい！」

「適材適所《てきざいてきしょ》！」

リードとアロケルがほめてくれる。

「指《ゆび》！　疲《つか》れたらマッサージはまかせて〜」

「イルマくんなら、きっとステキな演奏《えんそう》になるわね！」

ジャズとエリザベッタも、背中《せなか》を押《お》してくれた。

「イルマち、ファイトー！　やる気《き》ブンブン!!」

「導《みちび》く役割《やくわり》とは、さすがイルマ様《さま》……!!」

クララにはげまされ、アスモデウスは涙《なみだ》ぐんでいる。

「うん！　がんばるね!!」

みんなから声援《せいえん》をもらって、入間《いるま》はすごくドキドキしていた。

（なんだろう、この感《かん》じ……。あのときと似《に》てる……）

処刑玉砲《しょけいぎょくほう》で、はじめて自分《じぶん》の力《ちから》で、位階昇級《ランクしょうきゅう》を勝《か》ちとった……。

あのときも、こんなふうに胸《むね》が高鳴《たかな》っていた。

（**……けど、こんなにワクワクするお願《ねが》いは、はじめてかもしれない！**）

きっと、すごくむずかしい挑戦《ちょうせん》になるはずだ。プレッシャーだってある。

でも不思議《ふしぎ》と、ストンと覚悟《かくご》が決《き》まった。

「よろしくね……！」

「…………」

プルソンは無言《むごん》でコクンとうなずいた。

「じゃあ、イルマさん。ピアノの基本《きほん》は、経験者《けいけんしゃ》に教《おそ》わってね」

「え……経験者《けいけんしゃ》？」

ケロリの言葉《ことば》に、入間《いるま》とプルソンはきょとんとした。


経験者《けいけんしゃ》、としてやってきたのは……なんとサブノック！

問題児《アブノーマル》クラスで一番《いちばん》ガタイがよく、手《て》も大《おお》きいサブノックが力強《ちからづよ》く奏《かな》でるピアノは、それは見事《みごと》だった。

「**おぉ――――!!**」

「すごい！　サブノックくん、上手《じょうず》!!」

プルソンと入間《いるま》は、その旋律《せんりつ》に感動《かんどう》した。

「フフン。魔王《まおう》のたしなみよ」

まんざらでもなさそうに、サブノックが手《て》をふる。

いつものサブノックは、考《かんが》えるより先《さき》に体《からだ》が動《うご》いているようなタイプだが、繊細《せんさい》な芸術《げいじゅつ》も得意《とくい》だとは、さすが魔王《まおう》を目指《めざ》す男《おとこ》だ。

「ヌシはなにか弾《ひ》けるのか？」

サブノックにたずねられ、入間《いるま》は少《すこ》し照《て》れながら答《こた》える。

「えーと……〝**ネコふんじゃうな**〟くらいしか……」

「ヌゥ……知《し》らぬ曲《きょく》だな」

人間界《にんげんかい》の曲《きょく》だからね……とは、まさか言《い》えるはずもなく。

実際《じっさい》に弾《ひ》いてみたほうが早《はや》いと、ピアノの鍵盤《けんばん》に手《て》を伸《の》ばす。

「えっとね、こう……」

すると、鍵盤《けんばん》をおおう蓋《ふた》が、入間《いるま》の指《ゆび》をはさみそうな勢《いきお》いで落《お》ちてきた。

「**わッ⁉**」

入間《いるま》があわてて手《て》を引《ひ》っこめると、サブノックが言《い》う。

「いきなりさわったら怒《おこ》るに決《き》まっているだろう。まずは、お辞儀《じぎ》からだ」

(ピアノに、お辞儀《じぎ》……!? 魔界《まかい》のピアノって、生《い》き物《もの》みたいだ……)

サブノックのマネをして、姿勢《しせい》を正《ただ》して頭《あたま》をさげると、今度《こんど》はちゃんと弾《ひ》かせてくれそうだ。

「そして、誤差《ごさ》はあるが、座《すわ》った奏者《そうしゃ》に影響《えいきょう》されて、ピアノの形《かたち》も変《か》わる」

サブノックがイスに腰《こし》かけると、**バチッ**と電光《でんこう》が走《はし》り、ピアノの形《かたち》が変《か》わった。

サブノックのピアノは、カッコいいトゲや、スタッズがあしらわれた、パンクなデザインだ。

「おぉ!!」

「ヌシもやってみよ」

サブノックは、入間《いるま》にも座《すわ》るようにうながす。

「うん!!」

(僕《ぼく》も、サブノックくんみたいに、カッコいいピアノがいいなぁ……!)

そう思《おも》いながら、腰《こし》かけると……。

——**ぽよっ……。**

あらわれたのは、浮《う》き輪《わ》みたいに、**ぽよんぽよん**のピアノとイスだ。

鍵盤《けんばん》も、**ぷにぷに。**サブノックのピアノとくらべると……子《こ》どものおもちゃみたいだ。

「……？」

あれ……。なんかこれ……、合《あ》ってますか？

入間《いるま》がサブノックを見上《みあ》げると。

「まぁ……。ヌシの性格《せいかく》が反映《はんえい》されたみたいだが、そのうち安定《あんてい》するだろう」

あまりフォローになっていない答《こた》えが返《かえ》ってきた。

「あとは、鳴《な》らしたい音《おと》をイメージして……」

入間《いるま》が、やわらかい鍵盤《けんばん》に指《ゆび》をおくと……。

——**ポーン。**

「鳴《な》った!!」

「音《おと》をイメージできれば、弾《ひ》くべき鍵盤《けんばん》はピアノが導《みちび》いてくれる」

魔界《まかい》のピアノは、弾《ひ》くというより、想像《イメージ》する力《ちから》が大切《たいせつ》だ。

ポーン、ポーン……。

頭《あたま》の中《なか》で、音《おと》をしっかりと思《おも》い描《えが》かないと、変《へん》な音《おと》になってしまう。

「あとは、ひたすら弾《ひ》いて、感覚《かんかく》を叩《たた》きこむのだ！　鍛錬《たんれん》あるのみ！」

「うん！　わかった!!」

そうして、入間《いるま》は、はじめてのピアノに挑戦《ちょうせん》することになったのだ！

……が！


――結果《けっか》は、先《さき》ほどの通《とお》り、惨敗《ざんぱい》。

ポロロルゥル……。

ギューン。ジャララー。

ポロロ……ポロ……。

ジャジャン。ジャーン。

入間《いるま》のピアノは、音《おと》があっちこっち、飛《と》んだり跳《は》ねたり。バラバラだ。

（バチコ師匠《ししょう》と修業《しゅぎょう》したから、集中力《しゅうちゅうりょく》や根性《こんじょう》には自信《じしん》があったけど……。狙《ねら》った音《おと》がうまく出《で》ない!!）

弓矢《ゆみや》を生《う》みだすのとはワケがちがう。

安定《あんてい》して同《おな》じ音《おと》を出《だ》すのって……すごくむずかしい！

（まだ気《き》をぬくとあのふわふわピアノになるし、音《おと》もふにゃふにゃしている……!!）

ようやく、それっぽいピアノの形《かたち》を出《だ》せるようにはなったものの、集中《しゅうちゅう》を続《つづ》けるのがむずかしい。

しばらく練習《れんしゅう》してから……入間《いるま》は「**だめだ！**」と叫《さけ》んだ。

「僕《ぼく》、サブノックくんにもう一度《いちど》、コツ聞《き》いてくる!!」

行《い》きづまっている入間《いるま》に、プルソンもつきそってくれた。

ふたりで廊下《ろうか》を歩《ある》きながら、入間《いるま》は、ふぅ、と息《いき》をつく。

「音楽《おんがく》ってむずかしいんだね……。もっともっと練習《れんしゅう》しないと！　う～ん、大変《たいへん》だ……」

「……そのわりには……ニヤニヤしてるけど」

「ゑッ」

プルソンに言《い》われて、入間《いるま》はあわてて自分《じぶん》の頬《ほお》に手《て》を当《あ》てた。

「大丈夫《だいじょうぶ》？　表情筋《ひょうじょうきん》ぶっ壊《こわ》れた？　休《やす》む？　横《よこ》になったほうがいいんじゃないの？」

「いやいやいや！」

心配《しんぱい》そうにのぞきこむプルソンに、入間《いるま》は首《くび》をふる。

実《じつ》は、この練習《れんしゅう》が始《はじ》まってから、入間《いるま》はずっとワクワクしているのだ。

むずかしいピアノの練習《れんしゅう》だって、どうやったらうまく弾《ひ》けるか、考《かんが》えるのは楽《たの》しい。

「えっと……。僕《ぼく》、今《いま》までいろいろなお願《ねが》いを、ついつい聞《き》いてきちゃったんだけど……」

かつての入間《いるま》の口癖《くちぐせ》は、「いいよ、いいよ」。

お願《ねが》いされたら、断《ことわ》れなかった。それが、本当《ほんとう》はいやなことでも。

「今回《こんかい》のお願《ねが》いは、ドキドキしたんだ。きっと……『だれでもいい』じゃなくて、僕《ぼく》じゃなきゃだめなんだって言《い》ってもらえたから……僕《ぼく》、うれしかったんだと思《おも》う」

いままで、そんなふうに頼《たの》まれたことなんてなかったから。

押《お》しつけるような「お願《ねが》い」じゃなくて、「まかされた」気《き》がしたんだ。

みんなが、自分《じぶん》に期待《きたい》してくれている。それが、うれしい。

「こういうの、はじめてだから、がんばりたいな〜って……」

へへ……とはにかむ入間《いるま》を見《み》て、プルソンは思《おも》う。

(いや……。キミ、同《おな》じようなこと、僕《ぼく》にも言《い》ってましたけども……?)

……思《おも》わず、のどから言葉《ことば》が出《で》かかったが、言《い》わなかった。

(自分《じぶん》で言《い》ったことの自覚《じかく》はないのか……すごいな……)

これが、天然《てんねん》の悪魔《ひと》たらし、入間《いるま》の力《ちから》である。

「まぁ……、気持《きも》ちはわかるよ……」

気《き》づいていない本人《ほんにん》に、プルソンはそれだけ伝《つた》えた。

運動部屋《うんどうべや》のドアをノックすると、腕《うで》を組《く》んだケロリが出《で》てきた。

「もう音《ね》をあげたの?」

キッと、メガネの奥《おく》から入間《いるま》たちをにらむ。

「悪《わる》いけど、ダンスチームは、今《いま》、取《と》りこみ中《ちゅう》よ。サブノックくんもね」

「え!? 一体《いったい》なにを……」

「**取《と》りこみ中《ちゅう》よ**」

断固《だんこ》として、中《なか》に入《い》れてくれる気《き》はないらしい。

きっと、血《ち》のにじむようなレッスンをしているにちがいない。入間《いるま》たちはふるえた。

「でも、安心《あんしん》して！　私《わたし》もちゃんと考《かんが》えてるわ！」

そう言《い》って、ケロリはニッコリほほえむ。

「貴方《あなた》たちに**ピッタリの講師《こうし》**に！　バッチリ、演奏指導《えんそうしどう》、頼《たの》んでおいたから！」

「え……？」

〝ピッタリの講師《こうし》〟って……？

ぽかんとする入間《いるま》たちに向《む》かって、ケロリはこう言《い》った。

「早《はや》く部屋《へや》に戻《もど》りなさい。もう来《き》てるかもしれないわ。なんたって――彼《かれ》は、**厳粛《げんしゅく》な悪魔《あくま》**だから」

入間《いるま》とプルソンは、いそいで演奏室《えんそうしつ》にもどり、ドアを開《あ》けた。

そこには、荘厳《そうごん》な装飾《そうしょく》がほどこされた漆黒《しっこく》のピアノと、そこに座《すわ》るひとりの悪魔《あくま》。

——**ポローン**。

冷《つめ》たく、恐《おそ》ろしく——そして美《うつく》しい一音《いちおん》が、室《しつ》内《ない》に響《ひび》く。

「遅《おそ》い」

ふりむいた**厳粛な悪魔《カルエゴ》**は、入間《いるま》たちにむかって鞭《むち》をふるった。

「**さっさと座《すわ》れ、未熟者《みじゅくもの》ども**」

第14話　リリス・カーペット

……数日前《すうじつまえ》。

ケロリは直々《じきじき》に、カルエゴに話《はな》をつけに行《い》ったのだ。

「お願《ねが》いします、カルエゴ先生《せんせい》。イルマさんに、ピアノの指導《しどう》をしてあげてください」

「なぜ、私《わたし》に……？」

カルエゴは、いつもの渋面《しぶづら》をくずさず、聞《き》き返《かえ》す。

もちろん、この質問《しつもん》のために、ケロリはあるものを用意《ようい》していた。

「過去《かこ》の音楽祭《おんがくさい》……優勝組《ゆうしょうクラス》のリストです」

そこには、こう書《か》いてある。

E組《イーぐみ》。『オーケストラ魔王組曲《まおうくみきょく》　第《だい》6番《ばん》』。

代表《だいひょう》——ナベリウス・カルエゴ。

「バラム先生《せんせい》にも裏《うら》とってきました！　『カルエゴくん、大体《だいたい》の楽器《がっき》は弾《ひ》けるよー』って言《い》ってました！」

「アイツは……」

カルエゴの眉間《みけん》のシワが濃《こ》くなる。

「正直《しょうじき》……私《わたし》ひとりでは、クラス全員《ぜんいん》を導《みちび》けません。今《いま》は、先生《せんせい》の助《たす》けが必要《ひつよう》なんです
……！」

音楽祭《おんがくさい》のリストをギュッとにぎりしめ、ケロリは必死《ひっし》に言《い》う。

「なのでっ……ぜひ、力《ちから》を……!!」

「いいだろう」

まさか引《ひ》きうけてもらえるとは思《おも》わず、ケロリは目《め》をぱちくりさせる。

「……えっ？」

「なんだ？」

「い、いえ……ずいぶんと、その、あっさり……で」

当然《とうぜん》、断《ことわ》られると思《おも》っていたのだ。「おまえたちだけでなんとかしろ」とか言《い》われて。

そのために、いろいろ説得《せっとく》の材料《ざいりょう》も用意《ようい》していたのだけど……。

「……バビルス教師《きょうし》心得《こころえ》。〝常《つね》に生徒《せいと》の向上《こうじょう》を第一《だいいち》とする〟。学《まな》びを請《こ》う姿勢《しせい》は正《ただ》しい」

そして、カルエゴは言《い》ったのだ。

「**私《わたし》は、厳粛《げんしゅく》な教師《きょうし》だからな**」


そして、入間《いるま》たちは厳粛《げんしゅく》な教師《きょうし》の指導《しどう》のもと――地獄《じごく》より恐《おそ》ろしいレッスンを受《う》けていた。

「――**シャッセ、**――**フロー、**――**フロー、**――**ベルゼ、**――**クワトル……**」

一定《いってい》のリズムで発《はっ》せられるカルエゴの声《こえ》に、時折《ときおり》**バチバチッ**という火花《ひばな》の散《ち》る音《おと》がまざる。３つの頭《あたま》を持《も》つ巨大《きょだい》なケルベロスが、牙《きば》をむく音《おと》だ。

ほんの少《すこ》しでも、ミスタッチをしようものなら。

「指運《ゆびはこ》びがちがう。教《おし》えた通《とお》り動《うご》かせバカ者《もの》」

「**はひっ！**」

カルエゴの鞭《むち》が、入間《いるま》にむかって放《はな》たれる。

わずかでも、リズムをくずしたら。

バヂッ
私《わたし》は厳粛《げんしゅく》な教師《きょうし》だからな

「テンポが速《はや》い。アレンジを加《くわ》えるな！　相手《あいて》に合《あ》わせる音《おと》を出《だ》せ」

「ピギュッ」

プルソンの近《ちか》くの床《ゆか》を鞭《むち》で打《う》つ。

「曲《きょく》を奏《かな》でるなど、まだ許《ゆる》さん。基礎《きそ》の基礎《きそ》から。──シャッセ・フロー・ベルゼ・クワトル。基本《きほん》の音階《おんかい》を体《からだ》に叩《たた》きこめ」

そして、カルエゴは邪悪極《じゃあくきわ》まりない笑《え》みを浮《う》かべる。

「安心《あんしん》しろ。指《ゆび》が千切《ちぎ》れようと、のどが焼《や》けようと……**私《わたし》は決《けっ》して、貴様《きさま》らを投《な》げださん**」

こうして──何度《なんど》も意識《いしき》を失《うしな》いそうになりながら、入間《いるま》とプルソンは、6時間《じかん》ぶっ続《つづ》けの練習《レッスン》を受《う》けたのだ。

「きびしい……」

へろへろのふたりは、立《た》ちあがることもままならず、床《ゆか》に倒《たお》れた。

「フン。少《すこ》しは身《み》についたか。起《お》きろ、次《つぎ》のレッスンだ」

「ウソでしょ……」

今日《きょう》はもう終《お》わりかと思《おも》いきや、矢継《やつ》ぎ早《ばや》に新《あたら》しいレッスンが始《はじ》まる。

「貴様《きさま》らは、曲《きょく》の理解《りかい》が圧倒的《あっとうてき》に足《た》りん。……まぁ、貴様《きさま》らの選《えら》んだ曲《きょく》は、少々厄介《しょうしょうやっかい》ではあるがな」

そう言《い》って、カルエゴは大量《たいりょう》の書物《しょもつ》をドサッと机《つくえ》に置《お》いた。

問題児《アブノーマル》クラスの選《えら》んだ曲《きょく》は——『**リリス・カーペット**』。

かつて、魔界《まかい》に君臨《くんりん》した絶世《ぜっせい》の美女《びじょ》にして、魅惑《みわく》の女悪魔《おんなあくま》、**リリス**。

彼女《かのじょ》の歩《ある》いた道《みち》は、リリスを求《もと》めて争《あらそ》った男《おとこ》たちの骸《むくろ》で埋《う》まり、「リリス・カーペット」と呼《よ》ばれた。

音楽祭《おんがくさい》では、そんな男《おとこ》たちをとりこにするリリスの役《やく》を、エリザベッタが演《えん》じることになっている。

「この曲《きょく》は、リリスへの賛美《さんび》と憧憬《しょうけい》……彼女《かのじょ》を手《て》に入《い》れようとする愚《おろ》かな男《おとこ》たちの曲《きょく》……」

カルエゴは、仏頂面《ぶっちょうづら》で言《い》う。

「つまり、テーマは――〝愛《あい》〟だ」

…………。

「ングッフ……」

プルソン、アウト。

こらえきれず噴《ふ》きだしたプルソンは、ケルベロスの足《あし》にふみつけられた。

「いやすみませんほんと、でもカルエゴ先生《せんせい》の口《くち》から愛《あい》って単語《たんご》が出《で》たことがすごい違和《いわ》感《かん》でちょっと腹筋《ふっきん》が耐《た》えられなかいたたたた……」

「私《わたし》だって好《す》きで語《かた》りたいワケではないわ！」

カルエゴは、不服《ふふく》そうだ。

「……いいか。ダンスは物語《ものがたり》の演者《えんじゃ》であり、音楽《おんがく》は〝世界《せかい》〟なのだ」

カルエゴは、ピアノにこしかけ、鍵盤《けんばん》に手《て》を置《お》いた。

「プルソン、２小節目《しょうせつめ》だけ合《あ》わせろ」

そう指示《しじ》すると。

「音《おと》によって、リリスの世界《せかい》を構築《イメージ》する――」

――ダァーン！

重々《おもおも》しく、１小節目《しょうせつめ》を奏《かな》でる。その旋律《せんりつ》は、まるでリリスたちに求婚《きゅうこん》する男《おとこ》たちの悲鳴《ひめい》のようだ。

情熱的《じょうねつてき》な幕開《まくあ》けから、リリスの登場《とうじょう》によって、美《うつく》しくはかない音色《ねいろ》に変《か》わる。

リリスは、極上《ごくじょう》の美悪魔《びあくま》。

男《おとこ》は彼女《かのじょ》に焦《こ》がれ、愛《あい》をささげ……。

手《て》に入《い》れたいと、願《ねが》い、口説《くど》き……羽《はね》のつけ根《ね》を捧《ささ》げ、ひざまずく。

けれどリリスは、その羽《はね》に足先《あしさき》で触《ふ》れ――もてあそぶように、つき落《お》とす。

どれほどの愛《あい》をささやいても、どれほど触《ふ》れたいと願《ねが》っても。

……決《けっ》して、リリスはなびかない。

「――という曲《きょく》なわけだが……、わかるか？」

演奏《えんそう》を終《お》えたカルエゴが、入間《いるま》たちをふりむくと……ふたりは、頬《ほお》を赤《あか》くして、固《かた》まっていた。

「すごっ……すごく、あのっ、大人《おとな》っ……というか!! ね、プルソンくん……っ!!」

「うん。あの。非常《ひじょう》にヤラ……美《うつく》しいというかキレイというか」

「**落《お》ちつけ、おまえたち**」

曲《きょく》を聴《き》いただけなのに、映画《えいが》のように、物語《ものがたり》が脳内《のうない》に流《なが》れてくるようだった。

特《とく》に、リリスが男《おとこ》たちを翻弄《ほんろう》する様子《ようす》なんかは、すごく大人《おとな》の世界《せかい》って感《かん》じだ……。

「あとなんかよくわかんないけど、**イケ好《す》かねぇなって思《おも》いました**」

「貴様《きさま》、正直《しょうじき》だな」

真顔《まがお》で言《い》うプルソンを、ケルベロスがくわえあげた。

「今《いま》のは、私《わたし》の作《つく》った世界《せかい》……。実際《じっさい》に弾《ひ》くのは、イルマ、貴様《きさま》だ。私《わたし》のマネではなく、自《みずか》らのイメージで世界《せかい》を作《つく》らねばならん」

「はい……」

入間《いるま》は、ふるえながらうなずく。

女《おんな》の子《こ》を口説《くど》くなんて、できるだろうか……。不安《ふあん》がよぎる。

「貴様《きさま》の思《おも》うリリスへの口説《くど》き文句《もんく》を表現《ひょうげん》してみろ」

「はっ、はい！」

ピアノに向《む》きなおり、想像《そうぞう》する。

口説《くど》く……、口説《くど》く……。
構築《イメージ》——。

リリスは、極上《ごくじょう》の美悪魔《びあくま》で……。

彼女《かのじょ》に楽《たの》しんでほしくて、男《おとこ》は彼女《かのじょ》を……。

口説《くど》く——！

目《め》の前《まえ》には——豪華《ごうか》な食事《しょくじ》。骨付《ほねつ》き肉《にく》に、尾頭《おかしら》つきのお刺身《さしみ》に、ステーキ……。
となりに座《すわ》るリリスといっしょに、それをほおばって……。

「**……？**」

演奏《えんそう》を止《と》める。

あれ、ちがう、そうじゃなくって。
「ちょっ、待《ま》ってください。もう一回《いっかい》……」
カルエゴとプルソンは、だまってうなずく。
入間《いるま》はもう一度目《いちどめ》を閉《と》じて、構築《イメージ》――！
（えー……。男《おとこ》は彼女《かのじょ》を口説《くど》き……）
わぁ、今度《こんど》は魚介類《ぎょかいるい》のフルコース。
（口説《くど》……）
スイーツも、おいしいよね～。
やっぱり、シメは大盛《おおも》りごはんと焼肉《やきにく》に限《かぎ》る！
（く……）
何回《なんかい》やっても……ごはんを食《た》べに行《い》ってしまう――だと!?
入間《いるま》は、わなわな震《ふる》えた。
口説《くど》くって……口説《くど》くって――**なに!?**

「**きっさっまというやつはッ‼　根本的《こんぽんてき》な意識改革《いしきかいかく》が必要《ひつよう》なようだな……ッ‼**」

カルエゴは、入間《いるま》の頭《あたま》をつかんで、ギリギリと締《し》めあげる。

その後《うし》ろで、プルソンが、笑《わら》いをこらえきれず震《ふる》えている。

「すっ、すみません、極上《ごくじょう》と聞《き》くとつい……！　ちょ、プルソンくん笑《わら》わないで……！」

「双方《そうほう》、家《いえ》へ連絡《れんらく》を入《い》れろ！　しばらく泊《と》まりこみだ‼」

「はぁい……」

入間《いるま》は、弱々《よわよわ》しくうなずいた。

（はぁ……徹夜《てつや》かぁ……）

スマ魔《マ》ホをひらくと、アスモデウスとクララからも、メッセージが届《とど》いていた。

『ピアノ特訓《とっくん》、がんばってください！　イルマ様《さま》！』

『私《わたし》たちもがんばるからね！　ブンブン！』

それを見《み》たら、ゆるんだ顔《かお》がひきしまる。

（ふたりも……がんばってるんだ！　僕《ぼく》も、もっとうまくならないと――‼）

入間《いるま》が、リリスとごはんを食《た》べつづけている間《あいだ》……アスモデウスとクララは、また別《べつ》の壁《かべ》にぶち当《あ》たっていた。

「いいか、ウァラク。最初《さいしょ》は右手《みぎて》だ。……右《みぎ》ってどっちかわかるか？」

「こっち」

ふたりの手首《てくび》には、腕輪《うでわ》。その腕輪《うでわ》は、相手《あいて》の腕輪《うでわ》とつながっている。

クララが右手《みぎて》をふると、つながった先《さき》のアスモデウスの右手《みぎて》も動《うご》くしくみだ。

「よし、天才《てんさい》だな」

ふたりとも、服装《ふくそう》も、髪《かみ》の毛《け》も、すでにボロボロ。呼吸《こきゅう》も乱《みだ》れて、疲《つか》れきっている。

「いけるいける。私《わたし》たちならいける」

「よし、わからなくなったらムリに動《うご》くなよ」

「オーケー、兄弟《きょうだい》」

言《い》い聞《き》かせるように確認《かくにん》して、ふたりは叫《さけ》んだ。

「「レッツ・ダンス!!」」

第15話 おトモダチ

ケロリが用意《ようい》した、〝地獄踏《ヘルダンス》み〟用《よう》の練習魔具《れんしゅうまぐ》——。

その名《な》も、**〝モノ魔《マ》ネ腕輪《うでわ》〟**。

魔力《まりょく》をこめれば、つけた者同士《ものどうし》の動《うご》きをシンクロさせることができる。

もとは、魔獣制御用《まじゅうせいぎょよう》の魔具《まぐ》だが、〝地獄踏《ヘルダンス》み〟の練習《れんしゅう》のときは、手首同士《てくびどうし》をつないで、動《うご》きをそろえる。

……が、これが、なかなかにむずかしい。

うまくやらないと……全員巻《ぜんいんま》きこんですっころぶのだ。

どったんばったん。ワンフレーズすら、まともに踊《おど》れない。

みかねたケロリは、チーム表《ひょう》を用意《ようい》した。

「まずは、2〜3人《にん》で息《いき》を合《あ》わせる練習《れんしゅう》をしましょう。それぞれ、ステップをしっかり覚《おぼ》えてね」

「はーい……」

「特《とく》に……そこのふたり！」

と、アスモデウスとクララに釘《くぎ》を刺《さ》す。

ダンスチームいち、息《いき》の合《あ》わないふたりが、見事《みごと》に足《あし》を引《ひ》っぱりあっているのだ。


……そんなこんなで、アスモデウスとクララは、〝王の教室《ロイヤル・ワン》〟の屋内庭園《おくないていえん》で特訓《とっくん》をはじめた。

「いけるいける。右《みぎ》からだぞ」

「まかせろい」

クララとふたり、呼吸《こきゅう》を合《あ》わせて。

レッツ・ダンス――……。

しかし、曲《きょく》が始《はじ》まると、クララが勝手《かって》にふりつけをアレンジ。

それを修正《しゅうせい》しようとアスモデウスが引《ひ》っぱって……。

ドターン!!

盛大《せいだい》にずっこけた。

「だからッ！　ここのフリがでかすぎると何度《なんど》言《い》ったらわかる⁉　ここの角度《かくど》は60度《ど》だ！こう！」

アスモデウスは目《め》をつりあげて、クララに正《ただ》しい角度《かくど》を示《しめ》す。

「えー。こっちのほうがかっこいいじゃん」

ぐいー。クララが腕《うで》をあげると、アスモデウスの腕《うで》も引《ひ》っぱられる。

「引《ひ》っぱるな！　ちゃんと見《み》ろ！」

「ちゃんとやってるもん！　ギャーで、ドドーで、パランパッパでしょ‼」

「擬音《ぎおん》で話《はな》すな、ちっともわからん！」

「なんでわかんな……」

と、言《い》いかけて、クララは「そっか……」と、あわれむような目《め》でアスモデウスを見《み》た。

（アズアズ、わりとアホだからなぁ……）

前《まえ》にいっしょに料理《りょうり》を作《つく》ったときも、「まっふるもふのパチパチ番長《ばんちょう》（注《ちゅう》：からあげ）」のこと知《し》らなかったし。

うん。これ以上《いじょう》はせめないであげよう。

「今《いま》、なにか失礼《しつれい》なこと考《かんが》えてるだろ……」

こういうときばかり、クララの思考《しこう》が読《よ》めるアスモデウスである。

「とにかく、このままでは延々《えんえん》と醜態《しゅうたい》をさらすことに……！　イルマ様《さま》にも顔向《かおむ》けできん!!」

入間《いるま》の前《まえ》ですっころぶなど、言語道断《ごんごどうだん》。入間《いるま》が出演《しゅつえん》するとなれば、ステージに泥《どろ》を塗《ぬ》るわけにはいかない。

しかし、どう練習《れんしゅう》すれば……。

「よっしゃ！　じゃあ偵察《ていさつ》だ!!」

と、クララは、他《ほか》のチームの練習部屋《れんしゅうべや》へ向《む》かって、バンザイポーズで走《はし》りだした。

「は!?　オイ、待《ま》て！　走《はし》るな!!」

もちろん、腕輪《うでわ》がシンクロし、アスモデウスも同《おな》じバンザイの姿《すがた》で走《はし》りだしてしまうのだった……。

まずは、アロケル、カムイ、ガープの男子《だんし》チーム。

身長差《しんちょうさ》もある3人《にん》だが、そのダンスは想像以上《そうぞういじょう》の出来栄《できば》えだった。

「うっ、うまい……!!」

思《おも》わず、アスモデウスが素直《すなお》にほめてしまうほどだ。

それに、3人《にん》の顔《かお》つきは、鬼気迫《ききせま》るほど真剣《しんけん》そのもの。

「まちがえるわけにはッ！　いかないのです!!」

「は？」

カムイが言《い》うには、3人《にん》の間《あいだ》に、こんなやりとりがあったようだ……。

「なにか、制約《せいやく》があったほうが、集中力《しゅうちゅうりょく》が増《ま》すと思《おも》うのです」

そう提案《ていあん》したのは、カムイだった。

「まちがえたら、罰《ばつ》ゲーム」

「おおっ！　勝負《しょうぶ》でござるな！」

アロケルとガープも、これには賛成《さんせい》だ。

しかし、カムイが言《い》った次《つぎ》の言葉《ことば》で、３人《にん》の間《あいだ》に火花《ひばな》が散《ち》る。


「じゃあ、まちがえたら――自分《じぶん》が持《も》ってる、女子生徒《じょしせいと》の情報《じょうほう》を開示《かいじ》する」


そして今《いま》、決《けっ》して負《ま》けられない戦《たたか》いが幕《まく》を開《あ》けた！

「彼女《かのじょ》たちの話《はなし》を勝手《かって》にすることなど……できん!!」と、ガープ。

「サバトの詳細《しょうさい》は、墓場《はかば》まで持《も》ってイク……!!」と、アロケル。

「絶《ぜっ》ッ対《たい》、聞《き》きだす!!」と、カムイ。

血走《ちばし》った目《め》で、美《うつく》しいステップを踏《ふ》む３人《にん》を横目《よこめ》に、アスモデウスとクララは次《つぎ》の練習《れんしゅう》部屋《べや》へ移動《いどう》した。

次《つぎ》の部屋《へや》では、リードとエリザベッタが、器用《きよう》にステップをあわせて踊《おど》っていた。
リードは今《いま》、幸《しあわ》せに包《つつ》まれている。
（あぁ……姉《ねえ》さんの鼓動《こどう》が伝《つた》わってくる……!!）
となりには、自分《じぶん》と同《おな》じステップを踏《ふ》む、エリザベッタの美《うつく》しい横顔《よこがお》。
エリザベッタとなら、何時間《なんじかん》だっていっしょに踊《おど》っていたい。
（ターン、ターン……まるでふたりだけのワルツのよう……！）
けれど、リードの幸《しあわ》せなひとときは、ムキムキな男《おとこ》の腕《うで》によって打《う》ち砕《くだ》かれた。
「ウム！　安定《あんてい》してきたな！」
リードとエリザベッタの間《あいだ》から顔《かお》を出《だ》す、巨漢《きょかん》サブノック。
（真《ま》ん中《なか》になんかデカいのいる……!!）
ふたりきりがよかった……と、リードは静《しず》かに涙《なみだ》をこらえる。
「リードくんも上手《じょうず》だけど、サブロくんも上手《じょうず》ねえ！」

あげく、エリザベッタがサブノックをほめはじめたではないか。

「ウム。魔王《まおう》たるもの、音感《おんかん》・羽体幹《はねたいかん》はバッチリだぞ!」

「すごーい♡」

聞《き》き捨《ず》てならん! と、リードはサブノックの肩《かた》ごしに身《み》を乗《の》りだす。

「僕《ぼく》のほうが、姐《ねえ》さんにはふさわしいです!!」

「え?」

「いやっ、その……上手《じょうず》に教《おし》えられますって意味《いみ》で……!! あ、ほら。僕《ぼく》、DDR《デビルダンスレボリューション》超《ちょう》うまいから!!」

さすがはゲーマーのリード。ダンスも、もちろんゲーム仕込《じこ》みだ。

リードが時々空回《ときどきからまわ》りしているが、3人《にん》のコンビネーションもかなりのもの。

アスモデウスたちが感心《かんしん》していると、今度《こんど》は、別《べつ》の部《へ》

屋《や》からこんな声《こえ》が聞《き》こえてきた。

「ちょっと、待《ま》って、待《ま》って!!」


中《なか》をのぞくと、ケロリとアガレスが、なにやら言《い》い争《あらそ》っている。

「だからっ！　もっとこう！　笑顔《えがお》です！　笑顔《えがお》!!」

「覚《おぼ》えんのはステップだろ！　顔《かお》とかどうでもいいじゃん！」

どうやら、ダンス中《ちゅう》の表情管理《ひょうじょうかんり》について、ケロリのきびしい指導《しどう》が飛《と》んでいるようだ。

「もっと穏便《おんびん》に……」

間《あいだ》にはさまれたジャズは、困《こま》ったように笑《わら》うばかり。

「よくない！　あなたの顔《かお》は、**キラキラの卵《たまご》**なの!!」

「**は!?**」

けげんな顔《かお》をするアガレスに、ケロリはビシッと言《い》う。

「いい!?　美《うつく》しく生《う》まれた者《もの》は、その輝《かがや》きをふりまく義務《ぎむ》があるのよ!!」

アガレスといえば、アイマスクの下《した》の素顔《すがお》が、**超美男子**《ちょうイケメン》なことでおなじみ。

ケロリいわく、もっと笑顔《えがお》を見《み》せて、輝《かがや》きをアピールせよということらしい。

「ジャズさんも！　ステップがゆるい!!」

ジャズに指導《しどう》が飛《と》ぶと、アガレスが不満《ふまん》そうに言《い》う。

「ちょっと！　笑顔《えがお》なら、あっちにも言《い》ってよ！」

「ジャズさんはあれでいいのよ！」

「**なんでだよ!!**」

ギャーギャー言《い》いあうふたりを、ジャズは「まー、まー」となだめる。

(悪周期《あくしゅうき》の弟妹《きょうだい》がいたら……こんなかなぁ……)

ろくでなしの兄貴《あにき》のおかげか、機嫌《きげん》の悪《わる》い相手《あいて》のあつかいには慣《な》れているジャズ。冷静《れいせい》にふたりの仲《なか》を取《と》り持《も》っていた。

「踊《おど》りながらケンカしてる……」

「でも、うまいな……」

クララとアスモデウスは、3人《にん》の中《なか》に入《はい》る勇気《ゆうき》はなく、早々《そうそう》に退室《たいしつ》したのだった。


ひと通《とお》り、クラスメイトたちのダンスを見《み》てまわったあと。

「うーん……。各《かく》チーム、さわがしかったが、まあ……」

「上手《じょうず》だったね！　めっちゃ！」

各《かく》チーム、それなりに基礎《きそ》ができているのを見《み》て、アスモデウスはあせりはじめた。

自分《じぶん》たちは、まだ、スタートラインにすら立《た》てていない。

「ここは、我々《われわれ》も……その、腹《はら》を割《わ》って話《はな》すべきだな。もっと、おたがいを理解《りかい》するためにも……いいか？」

「おう」

クララは素直《すなお》にうなずく。

アスモデウスは、ひとつ咳《せき》ばらいをすると。

「では、私《わたし》から……〝落《お》ちつけ〟」

「シッ、シンプル……」

一言《ひとこと》の中《なか》に、切実《せつじつ》さがつまっている。

「貴様《きさま》はいつもいつも、好《す》き勝手《かって》動《うご》いてばかり！　突発的《とっぱつてき》すぎるのだ！」

「えー……うちではおとなしいほうなのに……」

「ウソをつくな！」

「ウソじゃないやい！」

また、言《い》いあいが始《はじ》まった。

「大体《だいたい》、ガサツがすぎるのだ！　加減《かげん》を覚《おぼ》えろ!!」

「アズアズだって、ガサツだよ！　私《わたし》の頭《あたま》ぐりんぐりんするじゃん！　ボサボサにするじゃん！」

「私《わたし》ではない！　おまえが動《うご》くから押《お》さえているんだろうが!!」

その通《とお》りなのだが、クララはシャーッと牙《きば》をむく。

「アズアズ、さびしんぼがすぎるんじゃない!?」

「そういうイミで引《ひ》きとめてるんじゃないわ！」

一度火《いちどひ》がついてしまえば、さらにふたりはヒートアップ。

「なんでも拾《ひろ》うし！　すぐかみつくし！」

「ウアラクって言《い》うし！　胸《むね》ぐるぐるしてるし!!」

わけのわからないことまで持《も》ちだして、おたがい、息《いき》が切《き》れるまで口《くち》ゲンカが続《つづ》いた。

「はー……はー……」

すごく、不毛《ふもう》な争《あらそ》いだ。ふたりにも、それはわかっている。

にっちもさっちもいかなくなって、草《くさ》の上《うえ》にごろんと寝《ね》そべった。

「……だめだ……。こうも、そりが合《あ》わなくては……」

アスモデウスが言《い》う。

「みんなみたいに、息《いき》を合《あ》わせるなんて……」

クララも、庭園《ていえん》の天井《てんじょう》を見上《みあ》げてつぶやいた。

「はぁ～……イルマ様《さま》に会《あ》いたい……」

「はぁ～……イルマちに会《あ》いたい……」

瞬間《しゅんかん》、ふたりの声《こえ》が重《かさ》なった。

ため息《いき》のタイミングまで、ぴったりと。

「……ん」

顔《かお》を見合《みあ》わせて、出《で》た声《こえ》までそろった。

「ちょっ……ふっへへ……今《いま》の……」

にやにやしながら、クララがつんつんとアスモデウスをつつく。

「今《いま》のは、ちょっとおもしろかったな……。……やめろ」

アスモデウスも、少《すこ》しだけ口元《くちもと》をゆるめた。

「アズアズー。私《わたし》は今《いま》、大発見《だいはっけん》をしたよ。んっとね、きっとね……」

クララは言葉《ことば》を探《さが》しながら言《い》った。


「イルマちがいなかったら、私《わたし》たち、出会《であ》ってもいなかったよ」

出会《であ》う前《まえ》のアスモデウスは、成績優秀《せいせきゆうしゅう》な孤高《ここう》の生徒《せいと》だった。

出会《であ》う前《まえ》のクララは、遊《あそ》び相手《あいて》を探《さが》す、ひとりぼっちの生徒《せいと》だった。

この広《ひろ》い悪魔学校《バビルス》で、出会《であ》って、〝おトモダチ〟になれる確率《かくりつ》って、どのくらいなんだろう。

「すごいねえ……。ねえ……アズアズ。私《わたし》たち、すごいラッキーだねえ」

「……あぁ」

アスモデウスも、ふたりと出会《であ》えた幸運《こううん》を再確認《さいかくにん》するようにうなずいた。

「そんで！　私《わたし》たちを会《あ》わせてくれたイルマちは、めっっちゃすごい!!」

クララがはね起《お》きて、大《おお》きな声《こえ》で言《い》った。

「その通《とお》りだ！　それに尽《つ》きる!!　やはり、イルマ様《さま》は我々《われわれ》にできないことをやってのけるお方《かた》だ!!」

アスモデウスも、うれしそうに言《い》う。

なにもかも正反対《せいはんたい》なふたり。

でも、「イルマのことが大好《だいす》き」なことについては、だれよりもわかりあえる自信《じしん》がある。

「私《わたし》たちは、すごいイルマちの、おトモダチなんだからっ！　ダンスも、すごごごいの、できないとね！」

へへ、とクララが笑《わら》うと、アスモデウスもほほえんで言《い》った。

「……そうだな、あほクララ」

えっ……と、クララは大《おお》きな目《め》を見開《みひら》く。

「……クララ……」

名前《なまえ》──。

はじめてだ。アスモデウスが、名前《なまえ》を呼《よ》んでくれたのは。

「クララ!! 私《わたし》！ はい！ クララ！ クララです！ クララ、がんばるるんるんるん!!」

「だー！ わかった、わかった！」

はいはいっと、元気《げんき》よく手《て》をあげるクララに、アスモデウスは照《て》れたように顔《かお》をそむけた。

「ヒヒヒヒ！　じゃあ、私《わたし》もアズアズの名前《なまえ》呼《よ》ばないとだね！　アズアズの……」

そこで、クララはぴたりと止《と》まる。

「アズアズの……なまえ……？」

「おい!!」

「えっと……アンドラゴラスだっけ……？」

「**勝手《かって》に妙《みょう》な名前《なまえ》をつけるな！**」

……なかなか締《し》まらないふたりだが、その日以来《ひいらい》、少《すこ》しずつ動《うご》きが合《あ》ってきた。

授業《じゅぎょう》のときも、となりにすわって、さりげなくふりつけの練習《れんしゅう》。

みんなで合《あ》わせるときは、やっぱりずっこけてばかりだったけど。

しだいに、クラスみんなの呼吸《こきゅう》が合《あ》ってきたのがわかった。

そして——チーム練習最終日《れんしゅうさいしゅうび》。全員《ぜんいん》で、最初《さいしょ》から最後《さいご》まで、ふりを通《とお》す。
クララとアスモデウスは、ダンスのなかで、何度《なんど》もアイコンタクトをかわした。

そりは合《あ》わない。

考《かんが》え方《かた》もちがう。

たまにムキーってなる。

ケンカだってしちゃう。

でも——。

みんないっしょに優勝《ゆうしょう》したいって気持《きも》ちは、同《おな》じ!!


ラストのステップ——**ダダンッ**と、全員《ぜんいん》の足音《あしおと》がそろう。

「**よっしゃ——!!　できた——!!**」

みんなから、わあっと歓声《かんせい》があがる。

「最後《さいご》のギャーンがちがったぞ、あほクララ！」

「アズアズだって、角度《かくど》ズレてた！　50度《ど》になってた！」

……このふたりは、相変《あいか》わらずケンカばかりだけど。

「準備《スタンバイ》オーケー！　さぁ！　音楽《おんがく》チームと合流《ごうりゅう》よ！」

ケロリは、音楽《おんがく》チームのふたりに、メッセージを送《おく》る。

問題児《アブノーマル》クラスの〝地獄踏《ヘルダンス》み〟——ようやく、最《さい》初《しょ》の難関《なんかん》、クリア!!

第16話 求愛《きゅうあい》

ダンスチームと音楽《おんがく》チーム、運命《うんめい》の合同練習《ごうどうれんしゅう》、当日《とうじつ》がやってきた。

ダンスチームは、演奏室《えんそうしつ》の床《ゆか》に集《あつ》まって座《すわ》り、音楽《おんがく》チームを待《ま》っていた。

「いよいよ、合《あ》わせかー」

リードが、少《すこ》し緊張《きんちょう》したように言《い》う。

「イルマちのピアノ、楽《たの》しそう！」

「すばらしいに決《き》まっているだろう！」

クララとアスモデウスも、まだ入間《いるま》の演奏《えんそう》は見《み》せてもらっていないのだ。

どんな出来《でき》になっているのか、ワクワクして待《ま》っていた。

「おっ、きたぞ、音楽《おんがく》チーム」

ジャズの声《こえ》で、みんなの視線《しせん》が入口《いりぐち》に集《あつ》まる。

そこにあらわれたのは——。

「お待《ま》たせしました」

貴族会《デビラム》にでも出席《しゅっせき》するかのような、正装姿《せいそうすがた》の入間《いるま》だ。

髪《かみ》はかきあげてまとめ、襟元《えりもと》のつまった服《ふく》を着《き》て、表情《ひょうじょう》もどことなくキリッとしている。

「!?」

全員《ぜんいん》、わけがわからず困惑《こんわく》。

入間《いるま》の後《うし》ろには、なぜか花束《はなたば》を持《も》った、こちらもタキシード姿《すがた》のプルソン。そして、いつも通《どお》りのカルエゴ。

「いっ、イルマくん!?　そのかっこうは……!?」

ジャズがたずねるも、入間《いるま》が答《こた》えることはない。

ただ黙《だま》って、プルソンから花束《はなたば》を受《う》けとった。

そして――入間《いるま》はひざまずく。

「常日頃《つねひごろ》から、その愛《あい》らしい笑顔《えがお》や、小鳥《ことり》のような笑《わら》い声《ごえ》に惹《ひ》かれていました。可憐《かれん》で、清純《せいじゅん》で、なによりも美《うつく》しい、我々《われわれ》の華《はな》……。貴方《あなた》を想《おも》って書《か》いたこの恋文《ラブレター》――受《う》けとってください、姐《ねえ》さん」

エリザベッタに、ハートのシールが貼《は》られた封筒《ふうとう》を差《さ》しだしたのだ。

姐《ねえ》さん…
!!???

「!?!?!?」

これには、問題児《アブノーマル》クラス——特《とく》に、リード、クララ、アスモデウスは絶句《ぜっく》。

「ちょっとまったぁ!!」

真《ま》っ先《さき》に、リードとクララが暴《あば》れだす。

「どういうことなのイルマくん!? そんっ、おいっ、裏切者《うらぎりもの》!!」

「イルマぢ!!!」

つかみかかりそうな勢《いきお》いのふたりを、サブノックとガープが「待《ま》て、待《ま》て」と押《お》さえる。

「まぁ、うれしい♡」

当《とう》のエリザベッタは、少《すこ》し照《て》れたようにほほえみ、手紙《てがみ》を受《う》けとろうとした——が。

入間《いるま》は、すっと手紙《てがみ》を引《ひ》いて、人差《ひとさ》し指《ゆび》を立《た》てた。

「……ただ、受《う》けとるかどうか決《き》めるのは、音楽《おんがく》のあとで。まずは、聴《き》いてください!!」

入間《いるま》がピアノにむかうと、プルソンもトランペットをかまえる。

その様子《ようす》を、ダンスチームは見《み》ていた。

異様《いよう》な空気《くうき》のなか、「リリス・カーペット」の演奏《えんそう》が始《はじ》まった。

——ジャン……。

最初《さいしょ》の一音《いちおん》が、静《しず》かに奏《かな》でられる。

それを聴《き》いた瞬間《しゅんかん》、ケロリはおどろいた。

リリス・カーペット——ひとりの美女《びじょ》に、多《おお》くの男性《だんせい》が求愛《きゅうあい》する曲《きょく》。エリザベッタ演《えん》じる、神々《こうごう》しいリリスを、男《おとこ》たちがあがめる……。

(**なのに——〝小さく《パルメ》〟……!?**)

リリスがいかに魅力的《みりょくてき》な女性《じょせい》かを演出《えんしゅつ》する、情熱的《じょうねつてき》な一幕《ひとまく》にもかかわらず。

(冒頭《ぼうとう》の男《おとこ》たちの求愛《きゅうあい》を、こんなに小《ちい》さく弾《ひ》くなんて……! なんで、こんな弾《ひ》き方《かた》を……!?)


それは、練習中《れんしゅうちゅう》のこと——。

「……う〜ん」

入間《いるま》は、腕《うで》を組《く》んで悩《なや》んでいた。

「なにやってるの？　勉強《べんきょう》？」

プルソンがやってきて、入間《いるま》の手元《てもと》をのぞきこむ。

入間《いるま》が、演奏室《えんそうしつ》の床《ゆか》にねそべって、うなりながらなにか書《か》いているからだ。

「えっと……カルエゴ先生《せんせい》にね、〝リリスに恋文《ラブレター》を送《おく》るつもりで弾《ひ》いてみろ〟って言《い》われたから……ラブレター書《か》いてる！」

「なんでそっちいくかな……」

たぶん、そういう意味《いみ》じゃないと思《おも》う。

……と、プルソンは心《こころ》の中《なか》で思《おも》った。

『リリスの望《のぞ》むものを、もっと考《かんが》えろ！』……と言《い》われまして。やっぱり、ごはんじゃダメだよね……」

「ダメだね」

プルソンがうなずく。

「……リリスの望《のぞ》む……」

入間《いるま》のとなりに腰《こし》かけて、プルソンは、リリスに思《おも》いをはせる。

何人《なんにん》もの男《おとこ》たちに求愛《きゅうあい》され、追《お》いまわされていたリリス……。

なんだか、「音楽祭《おんがくさい》に出《で》てくれ！」と説得《せっとく》されていたころの自分《じぶん》と、似《に》ているかもしれない。

そんなふうに思《おも》って、プルソンは、ぽつりとつぶやいた。

「リリスは、男《おとこ》たちに迫《せま》られて、どんな気持《きも》ちだったんだろうね」

「うれしかったのか、困《こま》ったのか、嫌《いや》だったのか……」

プルソンは──**その全部《ぜんぶ》だった。**

みんなに誘《さそ》われて、最初《さいしょ》は素直《すなお》にうれしかった。でも、家《いえ》の問題《もんだい》もあるし、断《ことわ》らなきゃいけないと思《おも》ったら嫌《いや》だった。

つぶやいたきり、黙《だま》ってしまったプルソンを見《み》て、入間《いるま》はケロリの言葉《ことば》を思《おも》い出《だ》す。

「そっか!!」

──**今回《こんかい》の主役《しゅやく》は、姐《ねえ》さんとプルソンさんなの！**

……視点《してん》を変《か》えてみればいいんだ。
カルエゴ先生《せんせい》も言《い》ってた。〝マネしちゃダメ〟だって……。
あんなふうに口説《くど》くなんて、今《いま》の自分《じぶん》には、逆立《さかだ》ちしてもできそうにない。
だったら――。

僕《ぼく》らは、彼女《かのじょ》の気持《きも》ちを想像《そうぞう》して演奏《えんそう》してみよう。
だって、僕《ぼく》たちのリリス・カーペットの主《しゅ》役《やく》は――ひざまずく男性《ぼく》じゃなくて。

この魔界《まかい》で最《もっと》も美《うつく》しい、極上《ごくじょう》の美悪魔《びあくま》――
リリス!!

エピローグ ✦ スタートライン

パ――――――ッ！

プルソンのトランペットが、男《おとこ》たちの贈《おく》り物《もの》をたやすくはねのける。
積《つ》みあがった豪華《ごうか》なプレゼント。
美《うつく》しい花束《はなたば》。
愛《あい》の言葉《ことば》でうめつくされたラブレター。
どれも、彼女《かのじょ》の魅力《みりょく》の前《まえ》ではかすんでしまう。

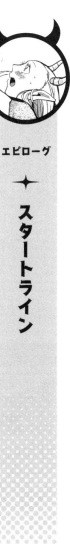

どいて。どいて。
素敵《すてき》なのに。美《うつく》しいのに。
ドキドキしないの。
ああ——今日《きょう》も、贈《おく》り物《もの》の階段《かいだん》と、愛《あい》の積《つ》もったベッドで眠《ねむ》る。
私《わたし》をおとせないなら、どいてちょうだい。
あぁ。もっと——。

燃《も》えるような恋《こい》がしたい!!

気《き》づけば——ダンスチームは、ラストシーンまで、曲《きょく》に合《あ》わせて踊《おど》りきっていた。
見《み》ているだけのつもりが、体《からだ》が勝手《かって》に、リリス

を――登場人物《とうじょうじんぶつ》たちを、演《えん》じていたのだ。

「ハア……ッ、ハア……ッ!!」

音《おと》の余韻《よいん》が完全《かんぜん》に消《き》えると、呼吸《こきゅう》の音《おと》だけが、演奏室《えんそうしつ》に響《ひび》いていた。

入間《いるま》は、イスから立《た》ちあがり、もう一度《いちど》、エリザベッタに手紙《てがみ》を差《さ》しだす。

「姐《ねえ》さん……。この恋文《ラブレター》、受《う》け取《と》ってもらえますか?」

エリザベッタは――。

「……いいわ」

と答《こた》え、人差《ひとさ》し指《ゆび》をくちびるにあて、ウィンク。

「じゃあ、私《わたし》は貴方《あなた》の文字《もじ》と恋《こい》をするから、貴方《あなた》

とは一生《いっしょう》しゃべらなくなるわ。……それでもいいかしら？」


「さすがリリス！」

その瞬間《しゅんかん》、問題児《アブノーマル》クラスの「リリス・カーペット」が誕生《たんじょう》した。

「姐《ねえ》さん、カッコイイー！」

「ヒュー!!」

エリザベッタを囲《かこ》んで、拍手《はくしゅ》が巻《ま》きおこる。

「ラブレター、本物《ほんもの》じゃないよね!?」

リードとクララが、おそるおそるたずねる。

「プレゼン用《よう》です……。へへ、緊張《きんちょう》した～……」

入間《いるま》は、もとのゆる～い顔《かお》に逆戻《ぎゃくもど》りだ。

そんな問題児《アブノーマル》クラスを見《み》て、ケロリがほほえ

む。

「粗《あら》けずりだけど……〝核《かく》〟はできましたね」

「まぁ……スタートラインには立《た》ったな」

カルエゴも、今回《こんかい》ばかりは、皮肉《ひにく》はなしだ。

ジャズとガープが、プルソンの肩《かた》を叩《たた》く。

「プルソーン、カッコよかったぞ～！　音《おと》はえ～！」

「すばらしい演奏《えんそう》だったでござる！」

プルソンは、あいかわらず無表情《むひょうじょう》で……けれど少《すこ》しだけ、はにかんだように見《み》えた。

前途多難《ぜんとたなん》だった音楽祭《おんがくさい》も、いよいよ大詰《おおづ》め。

この13人《にん》なら、優勝《ゆうしょう》だって夢《ゆめ》じゃない。だれもが、そう信《しん》じていた。


――チカッ。

プルソンの胸《むね》ポケットで、ス魔《マ》ホが光《ひか》った。

着信《ちゃくしん》の通知《つうち》。表示《ひょうじ》された名《な》は――〝父《ちち》〟だ。

何日《なんにち》も帰《かえ》ってこない息子《むすこ》を問《と》いつめるように、何度《なんど》も。**何度《なんど》も。****何度《なんど》も――。**

自分《じぶん》を呼《よ》ぶその光《ひかり》を、プルソンは見《み》ないふりをしていた。

けれど、この小《ちい》さなすれちがいが――。

音楽祭《おんがくさい》を大《おお》きくゆるがすことになるとは、まだだれも知《し》らなかったのだ。

（11巻《かん》につづく）

本書は、少年チャンピオン・コミックス『魔入りました！入間くん』（秋田書店）第17巻（第143話）～第18巻（第158話）をもとに、ノベライズしたものです。

原作・絵／西 修（にしおさむ）

愛知県豊橋市出身。2011年に『少年K』が漫画賞を受賞し、「ジャンプSQ.19 Autumn」（集英社）にて掲載デビュー。2014年〜2015年、『ホテル ヘルヘイム』を「ジャンプSQ.」で連載。2017年には、『魔入りました！入間くん』を「週刊少年チャンピオン」（秋田書店）で連載開始。現在39巻まで続く、大人気シリーズとなっている。2024年、『魔男のイチ』を「週刊少年ジャンプ」（集英社）にて連載開始、原作を担当している。

文／吉岡みつる（よしおかみつる）

静岡県出身。主な著書に『天才謎解きバトラーズQ』、ノベライズ『はたらく細菌』『小説　ブルーロック』（いずれも講談社）がある。好きなキャラはアミィ・キリヲ。

プルソンくん…いる？

POPLAR KIMINOVEL

ポプラキミノベル（に-02-10）

小説《しょうせつ》 魔《ま》入《い》りました！入間《いるま》くん

⑩ 13人目《にんめ》の問題児《アブノーマル》

2024年10月　第1刷

原作・絵	西 修
文	吉岡みつる
発行者	加藤裕樹
編　集	磯部このみ
発行所	株式会社ポプラ社
	〒141-8210　東京都品川区西五反田3-5-8 JR目黒MARCビル12階
ホームページ	www.kiminovel.jp
印刷・製本	中央精版印刷株式会社
ブックデザイン	千葉優花子
ロゴデザイン	石沢将人＋ベイブリッジ・スタジオ
フォーマットデザイン	next door design
編集協力	秋田書店

この本は、主な本文書体に、ユニバーサルデザインフォント（フォントワークスUD明朝）を使用しています。

ISBN978-4-591-18339-7　N.D.C.913　254p　18cm

P8053027

『魔《ま》入《い》りました！入間《いるま》くん』の公式《こうしき》スピンオフ
魔界の主役は我々だ！
［まかいのしゅやくは　われわれだ］
Makai no Shuyaku ha Warewareda
が小説化《しょうせつか》！
原作・挿絵／津田沼篤《つだぬまあつし》
カバー絵／SAKAE《さかえ》&するば
文／吉岡《よしおか》みつる
監修／津田沼篤《つだぬまあつし》・西《にし》 修《おさむ》・○○の主役《しゅやく》は我々《われわれ》だ！
©津田沼篤・西修（秋田書店）2020
シャオロンは、今日《きょう》から悪魔学校《バビルス》の１年生《ねんせい》！　野望《やぼう》は「とにかく目立《めだ》ってちやほやされること」！　しかし、入学早々《にゅうがくそうそう》あやしい先輩《せんぱい》に声《こえ》をかけられ、ナゾの「我々師団《われわれバトラ》」に勧誘《かんゆう》されて……!?
シャオロンは、入間《いるま》くんよりも目立《めだ》ち、野望《やぼう》を叶《かな》えられるのか!?
これは悪魔学校《バビルス》の、もうひとつの物語《ものがたり》──。